„Ich bin wie ein liebender Nietzsche, leider geboren im falschen Land Vera,
Voran zu schreiten zur Liebe, ist diesem Lande Ferne. "

Burak Tuncel fordert die Menschen heraus mit seinen Büchern. Er fordert sie heraus, da er ihnen altbekannte Dichter, Philosophen und den Koran zitiert und darbietet, die alle von der Einheit der Existenz und der Liebe sprechen. Nur die Menschen sehen und hören es nicht. Sie leben einfach weiter, strebend nach den weltlichen Dingen. Kritisch betrachtet er diesen Lebenswandel, mit Blutstränen in den Augen, sich wundernd. Manchmal hat es den Anschein, als könne er nicht verstehen, dass die Menschen so leben, strebend nach Macht und Geld allein, anstatt sich dem Herzen zu widmen und sich zu fragen, mit welcher Lebensaufgabe wir geboren wurden.

Burak Tuncel (1985) ist ein lyrischer Dichter, Philosoph, Theosoph, Autor und Darsteller. Seine Werke sind als Melodram geschrieben, begleitet von sentimentaler Musik schreibt er seine dichterisch-philosophischen Romane. Musikalische Inspiration findet er in der Filmmusik von „Schindlers Liste" und der Klaviermusik von „Titanic." Er wünscht sich auch für Sie, den Leser, eine derartige musikalische Begleitung beim Lesen.

Burak Tuncel ist ein Schüler des Religionsphilosophen Prof. Dr. Yasar Nuri Öztürk, der im Jahre 2016 bereits seinen Körper verließ. Viel zu kurz war die Zeit, die sie miteinander hatten. Sie verband eine innige und inspirierende Freundschaft, nachdem sie sich über die Werke von Erich Fromm kennengelernt hatten. Bei Vorlesungen und in Gesprächen nannte er B. Tuncel seinen *Herzens*freund. In den Büchern von B. Tuncel erkennt man die unbeschreibliche Liebe zu seinem Meister, dem er auch sein erstes Buch, „Die Gläubigen Ungläubigen" (2016) widmete. Noch zu Lebzeiten publizierte Prof. Y.N. Öztürk Briefe von B. Tuncel in seiner Kolumne. Jedes seiner Kapitel beginnt mit einem Zitat großer Denker und Dichter, um dem Leser die Sprache der Dichtkunst wieder näher zu bringen, die heutzutage ausgestorben zu sein scheint. Die Sprache der großen Denker, Dichter und Propheten ist die Sprache des Herzens. Nur wer sie verstehen kann und in sein Inneres lässt, kann zum Tempel der Liebe gelangen. Nur dann kann der neue Mensch geboren werden, voller Vertrauen in die Mutter Natur und sich seines Herzens und der weichen, femininen Kräfte des Menschen bewusst. Dies ist der Herzenswunsch des Autors, dies ist es, was er dem Menschen von heute mit seinen Büchern zeigen und lehren möchte.

In diesem Werk sehen wir das Tagebuch des Philosophen zu seiner großen Liebe Vera. Es sind Briefe, die in dichterischer Romansprache verfasst worden sind. In dem Tagebuch sind alle Briefe zu sehen, die er seiner Liebe versandt hatte.

Burak Tuncel

Briefe an Vera

Die Höchste Symphonie

-Der Abschied-

Dichterisches Tagebuch

„*Genies sind selten, und das nicht, weil Genies selten geboren werden. Genies sind selten, weil es sehr schwierig ist, dem Konditionierungsprozess der Gesellschaft zu entkommen. Nur hin und wieder schafft es ein Kind, sich aus dessen Fängen zu lösen. Wenn dem Kind gestattet und geholfen wird, seine Individualität ungehindert zu entwickeln, werden wir in einer wunderschöne Welt leben. Dann wird es zahlreiche Buddhas geben, zahlreiche Menschen wie Socrates und zahlreiche Menschen wie Jesus. Es wird eine enorme Vielfalt an Genies geben.*“

Osho

Herstellung und Verlag:
BoD - Books on Demand, Norderstedt
ISBN 978-3-7481-7908-5

„Was die Sonne nie sagt, selbst nach all dieser Zeit. Sagt die Sonne nie zur Erde: Du stehst in meiner Schuld. Schau, was eine solche Liebe bewirkt. Sie erleuchtet den ganzen Himmel."

Hafis

„Du grosses Gestirn! Was wäre dein Glück, wenn du nicht Die hättest, welchen du leuchtest!"

Friedrich Nietzsche

„Die Anweisungen des Schöpfers sind niedergeschrieben in unseren Herzen und Gedanken, in den heiligen Schriften der Natur, die jeder für sich selbst lesen kann, tagtäglich in den kleinen Geschöpfen, in den Gräser, in den Bäumen, in den Meeren, Seen und Flüssen, dem Zauber von Großmutter Mond, in den Geheimnissen der Sterne. All diese Wesen sind unsere Lehrer."

Akwesane

Liebe Madame Vera, ich schaue zum Fenster hinaus und sehe eine trübselige Welt. Es regnet bereits den ganzen Tag und ein Ende scheint in weiter Ferne zu sein. Heimatlos zu sein, ist in diesen Zeiten manchmal ein Segen und doch in Gesellschaft spaltender Leute eine Last. Man weiß nicht immer, wohin mit Einem und wo man eigentlich her kommt. Vielleicht habe ich dich bei unserem letzten Treffen verletzt und wir verabschiedeten uns auf eine unschöne Art und Weise. Doch du sollst wissen, dass du stets in meinen Gedanken bist und deine Liebe mich stets zu allen Zeiten entzückt. Es ist halt nicht immer leicht mit mir, einem depressiven Genossen unserer Zeit. Ich hoffe, dass dich meine Zeilen eines Tages erreichen werden. Es ist mir eine Last wenn ich die Liebe, die ich für dich empfinde nicht mit dir Teilen kann. Die Last deiner Liebe muss hinaus in die Welt. Sonst wird sie mir zur Qual tief in meinem Geiste. Während ich dir schreibe, schaue ich aus dem Fenster. Dort sehe ich einen Spielplatz für Kinder und erträume mir mit dir zu schaukeln. Der Spielplatz der Erwachsenen ist in den Großstädten. In den Bankgebäuden und Einkaufszentren. Dort fühlt mein Geist sich nicht Zuhause und mein Körper und die Seele schwächeln an diesen grauenvollen Orten, wo der Mensch nicht atmen kann. Wie geht es dir so liebe Vera in der weiten Ferne? Wie siehst du das Leben aus deinem Fenster? Ist es schön bei dir Zuhause? Das Vergangene, welches wir erleben durften, worüber ich sehr Dankbar bin spiegelt sich in all meinen Werken und

Büchern. Du bist der Grund für all das Schöpferische in mir. Dafür danke ich dir sehr. Ich fühle mich gesegnet vom Leben, *dank* deiner Liebe.

„Das höchste Wesen ist unbenannt, weil es unerkennbar ist. Darum begegnen wir allen Dingen der Schöpfung mit Ehrfurcht."

Narvajo

Liebste Vera, heute war ich draußen in der Natur. Mein Kopf schmerzte und meine Leiden in der Seele verschlimmerten sich. Zurück von draußen, musste ich sofort den Stift in die Hand nehmen und dir schreiben. Weißt du? Jedes Mal wenn ich bei der Mutter Natur bin, da hüllt mich so eine Stille ein. Es ist als würde jemand Majestätisches mit mir reden. Die Gestalt ist zwar nicht zu sehen, doch man spürt eine umarmende Hand. Es ist wie das Umarmen und Küssen einer stets liebenden Mutter. Man fühlt sich geliebt und beschützt. Dann kommen in mir Fragen auf. Warum der Mensch nur seiner eigenen Mutter fremd geworden ist? Eine mütterliche Liebe, die stets am Geben ist. Der Mensch schändet und tut seiner eigenen Mutter weh. Und doch gibt sie uns ihre bedingungslose Liebe. Warum ist der Mensch nur so undankbar? Verzeih mir liebste Vera, wenn ich dich wieder mit meiner Gefühlsduselei nur unnötig belästige. Doch ich kann nichts gegen diese Gedanken tun. Es ist, als wäre ich eine Inkarnation von Rousseau, da meine Gedankenzüge sehr an seine ähneln. Du fragst dich hoffentlich, was ich noch sonst so mache? Ich bin nicht der reichste Mensch, doch es langt zum Überleben. Dankbar bin ich für das Essen und Trinken und es schmerzt zu wissen, dass Millionen von Menschen dem Hungertod ausgesetzt sind. Der Grund dafür sind die Reichen die unter uns verweilen. Weißt du Vera? Manchmal halte ich die Luft für einige Sekunden an, denn die Vorstellung die gleiche Luft einzuatmen mit diesen widerlichen Kreaturen lässt mich Beschämen um mein Mensch Dasein. Wie kann dies nur sein, dass wir die gleiche Luft einatmen? So denke ich mir dann.

„Mein Volk, es gibt keine moderne Welt. Es gibt nicht einmal eine weiße Welt. Es gibt die Welt des großen Geistes und der Mutter Erde. "

Akwesane

Geliebte Vera, ich habe deinen Brief erhalten, vielen Dank. Meine Hand zitterte als ich ihn öffnete. Es ist, wie wenn man mit einer Rose gemeinsam im Winde tanzt. Man möchte, dass dieser schöne Tanz nie zu Ende geht. So ist es auch mit dir. Dein Geruch erinnert mich an die schönsten Düfte in der Mutter Natur. Dich einzuatmen ist das schönste Parfüm. All die Unruhe in meinem unendlichen Geiste endet, wenn ich von dir lese. Deine Briefe sind wie die Bilder von Vincent Van Gogh geschrieben. Sie müssen aus einer anderen Zeit stammen. Sie sind aus den Tiefen deines Herzens geschrieben. Deine Schrift ist wie eine Art Engelsschrift. Erinnerst du dich an die Tage, wo wir den ganzen Tag auf einer großen Wiese lagen? In deinen Armen lag ich und du berührtest mein Gesicht und schenktest mir die ganze Zeit deine zärtlichen Blicke. Voller unendlicher Güte fühlte ich mich geliebt. Weißt du? Es kann kein Zufall sein, dass wir uns an diesem kalten Wintertag begegneten. Ich glaube nicht an Zufälle. Die Existenz benutzt immer Mathematik wenn es um seine Geschehnisse und Geheimnisse geht. Seit wir uns kennen, kann ich dies bestätigen. Immer wenn du mir schreibst, kann ich für einige Momente aus dieser schnellen Welt entfliehen. Fliehen in eine Welt voller Schönheiten und wo es keinen Kummer gibt. Der einzige Kummer ist dann deine Sehnsucht. Welch ein erhabener Kummer nur *Oh Liebste!* Der Jüngste bin ich auch nicht mehr. Doch, wenn ich heute sterben müsste, könnte ich es in Glückseligkeit tun. Es heißt, dass Seelen die sich lieben vor diesem Leben getroffen haben und sich dann auf Erden wieder sehen. Ja, wir trafen uns, und ich wusste rasch, dass wir uns aus einem anderen Leben kennen. So vertraut waren deine zarten Hände und Berührungen meinem Leibe. Durch dich fand ich zu meinem Geliebten Meister, von dem ich dir schon öfters erzählte.

Deine Liebe führte mich zur Philosophie und meine Schriften waren eine Reformation oder Erweiterung des schönsten Buches. Dem Koran. Auch wenn die Menschen nicht bereit sind für das Schöne unserer Liebesgeschichte, weiß ich, dass das Leben niemals rückwärts laufen wird. Die Masse läuft rückwärts, in der Art wie sie lebt, doch das Leben wird zurück schlagen auf unfeine Art und Weise. Du siehst und fühlst bestimmt, wenn ich an ihre Welt denke, so werde ich müde und der Stift fällt mir langsam aus der Hand. So schlaf wohl heute Nacht der Stern meiner Nacht.

„Dort oben stehen unsere Herzen, am unendlichen Himmel. Manchmal geh ich umher, trauernd über mich selbst, während der Wind mich davonträgt über dem Himmel. Ausgelacht wird nur der Stärkere oder der Bessere, nie der Schwache."

Ohijesa

Vera, heute bin ich rastlos und endlose Wirbelstürme ziehen in mir umher. Es ist deine Sehnsucht, die das Herz zum Rasen und den Verstand zum Verrückt werden bringt. Diese Verrücktheit ist meine Medizin. Sie ist das Lebendige in mir. Ohne sie wäre ich nicht am Leben. Ich trinke Tee und esse Brezeln. Weißt du noch, als wir das letzte Mal Essen waren mit dir? Ich schaute in deine Augen, und hätte in ihnen Versinken können. Mich in ihnen zu verlieren, wäre das größte Finden gewesen. Mein einziger Wunsch war es, dass die Welt hätte einfach stehen bleiben sollen. Wie geht es dir heute? Hast du meinen letzten Brief bekommen? So, verzeihe, dass ich dir schon wieder schreibe, ohne von dir Vorher zu lesen. Seit wir uns kennen, kann ich Beethoven in mir singen hören. Er spielt die *Symphonie* der ewigen Liebe im *Barocktheater* des Herzens. Seine Geige bringt Tränen in meine Augen und sie werden wieder frisch und lebendig. Lang Genug waren meine Tränendrüsen zuvor ausgetrocknet. Hast du auch Lieder die in deinem Geist geboren werden? Schreibe mir, schreibe mir tausende von Briefen, ja?! Auch wenn du mir nur leere Seiten schickst, so nehme ich sie voller Schönheit an. Denn ich weiß, dass du an mich denkst.

„Wenn die Weißen ihr Lebtag Böses tun und dann, wenn es zum Sterben kommt, bereuen, ist alles gut, aber bei uns ist das anders. Wir müssen stetig Gutes tun unser Leben lang. Wenn wir Mais und Fisch haben, und von einer Familie wissen, dass sie nichts hat, teilen wir mit ihnen. Wenn wir mehr Decken haben, als wir brauchen, müssen wir denen abgeben, die bedürftig sind."

Black Hawk

Liebes, es ist eigentlich die kindliche Unschuld und Naivität die dich begehrt und zur Liebe wird. In einen liebenden Zustand kommt man nur, wenn man wie die Kinder wird. Schau dir nur unsere Welt an. Alles wird unternommen, damit wir diese Eigenschaft so schnell wie möglich verlieren. Ihre Schulen sind eigentlich nichts anderes als Stätten wo wir unsere kindliche Unschuld so schnell wie möglich verlieren sollen. Bei den Erwachsenen sieht man kein Feuer in den Augen. Sie scheinen sich weit verabschiedet zu haben von den Schönheiten der kindlichen Natur. So frage ich mich bei Tag und bei Nacht. Werden wir auch eines Tages Kinder bekommen? Wäre es denn nicht ungerecht und egoistisch ein Kind in diese barbarische Welt zu setzen? Soll denn nicht ihre Seele in anderen Dimensionen lieber in schöneren Welten leben? Dort geht es ihnen bestimmt besser als hier. Die Welt ist überbevölkert und wenn wir nicht aufhören so viele Kinder zu bekommen, wird dies ein übles Ende nehmen. Ich bin sogar an dem Punkt für mich angelangt zu sagen, dass es eine Straftat ist, heutzutage Kinder zu bekommen, da wir zu viele sind und die Mutter Natur dies nicht tragen kann. Ich wünschte die Menschen würden sich so schnell wie möglichst ihrer feinfühligen Vernunft bedienen, bevor keine Zeit mehr dafür bald bleibt.

„Nicht um meinen Brüdern überlegen zu sein, suche ich Kraft, sondern um meinen größten Feind zu bekämpfen, mich selbst."

Sioux

Du sagst immer, „Das Problem und die Lösung ist immer die Liebe." Wie Recht du nur hast meine liebe Vera. Es ist die *Lieblosigkeit* die alle Krankheiten auf der Welt auslöst, ob im Einzelnen oder im globalen Aspekt. Die Menschen denken wenn sie Medizin einnehmen, werden sie wieder geheilt. Doch der Ursprung ihrer Krankheit ist die Abwesenheit von Liebe in ihrem Leben. Wenn Liebe vorhanden wäre, so bräuchte es keine andere Medizin. Wie geht es deiner Gesundheit in diesen Tagen? Ich hoffe dir fehlt es an nichts. Es würde mein Herz in tausend Stücke zerreißen dich Unwohl zu sehen. Weißt du? Wenn du vorher sterben solltest als meine Wenigkeit, dann mag ich auch nicht mehr in dieser Welt hier sein. Ohne dich würde mir der Atem ausgehen und es hätte keinen Sinn mehr. Mein Herz einer anderen Frau zu geben würde nicht mehr gehen, da sie in deinem Haus der Ewigkeit bereits wohnt. Gerne würde ich mich mit dir in ein Grab legen damit ich für immer in deinen Armen liegen kann. Es ist eine schöne Vorstellung und doch ist es komisch und traurig zu wissen, dass die Menschen sogar ihre Friedhöfe gespalten haben in Religionen und Nationen. In der Psychologie würde man dies eine schwere Neurose und Schizophrenie nennen. Welch eine Welt haben nur die grausamen Menschen erschaffen? Selbst nach unserem Tode dürften wir nicht gemeinsam das Fest der Liebe mit der Mutter Erde feiern. Du kommst aus einer reichen Familie und ich bin Bettel Arm. Selbst für Reiche gibt es Friedhöfe und die Armen werden in ihren eigenen Friedhöfen beigesetzt. Als ob der Tod noch Taschen hätte für Geld? Auch wenn dies schwer zu ermöglichen scheint möchte ich nach dem Tode in deinen Armen liegen und für immer mit dir schlafen.

„Diese Weißen, sagte mein Onkel müssen herzlose Leute sein, denn sie haben einen Teil ihrer Mitmenschen zu Dienern gemacht. Der größte Wunsch ihres Lebens ist offenbar der, reich zu werden, so viel Besitz wie möglich zu erwerben. Am liebsten würden sie die ganze Welt ihr Eigentum nennen."

Ohijesa

Liebling, du erobertest mein Herz wie in einem schönen Sturm. Ich liebe das Chaos. In der Ordnung herrscht Despotismus. Ich überlegte viel ob ich dir weiterhin schreiben soll. Denn unsterbliche Seelen und ihre Liebesgeschichten lassen sich nicht in Briefe und Werke verfassen. Immer wenn ich auf die Äußerlichkeiten der Menschen achtete, da irrte ich. Das Fenster der Seele sind die Augen. Das Licht in deinen Augen hat mich zum Ursprung allen Seins zurück gebracht. Ich werde deine Schönheit in jedem Brief von neuem Würdigen. So verzeihe mir, wenn es manchmal zu viel für dich ist oder kitschig erscheinen mag. Aber so ist nun meine Liebe für dich. Wenn sie mir das Paradies geben würden, so wäre es nichts Wert ohne eine Spur von dir. Heute sende ich dir mein ganzes Herz in diesem Brief. Ich las heute ein Buch von *Frida Kahlo* und fühlte mich Seelenverwandt mit ihr. Es ist als würde der liebende Schöpfer all die guten Seelen zu sich geholt haben. Es fehlt an Menschen mit Würde und Anmut auf dieser Welt. Ich fühle mich so alleine in diesen dunklen Tagen. Im Reich der Bücher wo ich von Welt zu Welt schwingen kann fühle ich mich wohl und natürlich wenn ich dich lese. Das schönste Buch, welches ich lebendig kennen lernen durfte.

„Das Lied ist so kurz, weil wir so viel verstehen. Ohijesa muss lernen, dass es im Leben viel Verborgenes gibt. Nur denjenigen, die in der Einsamkeit suchen und fasten, enthüllen sich die Wunder des Großen Geheimnisses. "

Ohijesa

Geliebte, es regnet wieder draußen. Ich sitze in meiner alten, armen Stube und denke an dich. Wenn ich ehrlich bin, denke ich die ganze Zeit an dich. Was du wohl machst, wo du nur bist? Zu wissen, dass du irgendwo da draußen bist und atmen tust macht glücklich und traurig zu gleich. Ist es denn nicht verschwendete Zeit ohne dich nur eine Sekunde zu sein?! Doch wenn ich im Feld draußen spazieren gehe und der Sonnenuntergang sich naht und die Sonne am hellsten scheint. Ja, dann kann ich dich erfühlen und dich sehen. Ich liebe es bei Sonnenuntergang spazieren zu gehen, da der Stress des Alltags der Menschen dann etwas weniger wird. Weißt du *Vera*? Allein gehe ich die Wege des Lebens. All meine Werke und Schriften sind in einer großen Einsamkeit entstanden. Schöpferische Werke entstehen nur wenn der Mensch mit sich selbst alleine bleibt. In der Hektik der Großstädte können keine Romane entstehen. Die Geheimnisse des Lebens sind verblüffend. Vor ein paar Jahren lebte ich noch unter einer Brücke, heute schreibe ich mit Dir und habe drei Werke geschrieben. Die Menschen ignorieren mich, da diese Werke aus einer anderen Zeit stammen. Sie verstehen es nicht, da es nicht dem gesellschaftlichen Kontext entspricht. Alles was der Mensch nicht versteht, dies ignoriert er einfach. So ist es am einfachsten für ihn. Weißt du eigentlich, dass in allen meinen Werken dein schönes Antlitz zu sehen ist? Ja, es ist so. Wenn du zwischen den Zeilen siehst, wirst du dich selbst in deiner schönsten Pracht wieder finden. Meine Werke sind nicht immer angenehm zu lesen. Doch habe ich keinen Respekt für die reichen Menschen und deren grässliche Welt, die sie erschaffen haben.

Sie sind die Mörder der zitternden und hungernden Kinder in dieser Welt. Ich werde diese Art Mensch bis zu meinem letzten Atemzug weiter tadeln, da ich dies der Gerechtigkeit schulde. Nein, ich habe kein Zuhause, nur in der Verrücktheit kann ich verweilen. Das Bild der Freiheit sollte das Porträt in jedem Geiste sein. Von der Bevölkerung geschätzte Konventionen sind meine Gegner. Sie dienen dem Kult der Ahnen. Das Leben erkennt dieses nicht. Fern sollen mir die Diener der Götzen bleiben. Ihre gegenwärtige Religion negiere ich. Sie ist die Religion des Götzen, Produktion und Konsum. Nun höre ich lieber auf mich über die Welt zu beschweren und wünsche dir eine angenehme Zeit. Der Stern meiner Nacht.

„Die grüne Froschhaut, so nenne ich die Dollarnote. In unserer Haltung zum Geld unterscheiden wir Indianer uns wohl am meisten von euch Weißen. Für den weißen Mann hat jeder Grashalm und jede Wasserquelle ein Preisschild. Und daran krankt auch alles, schau dich doch um. Ich fordere nichts. Die Ärzte der Weißen, auch ihre Priester beziehen Einkünfte. Ich nehme kein Honorar. Geht ein Mensch geheilt aus meinem Hause, so ist das mein Lohn. Mitunter reicht meine Kraft nicht hin, dann bin ich traurig. Habe ich dir Kraft, so bin ich glücklich. Viele sinnen nur immer darauf, Geld zu machen. Daran denke ich nie."

Lame Deer

Gnädige Frau Vera, stellst du dir manchmal auch die Frage, warum wir Menschen auf der Welt sind? Was der Sinn des Lebens ist? Ist es nicht die Aufgabe jedes Menschen nach dem unendlichen Wissen zu streben? Ich sehe auf den Straßen die Menschen reden. Beim vorbei Laufen lausche ich ihren Gesprächen zu. Ich gebe den Menschen immer wieder eine neue Chance. Weil ich denke, ja vielleicht bessern sie sich ja zum Guten. Doch, es ist womöglich das Gute in mir, welches mich noch umbringen wird. Ich entschuldige mich danach bei meinen Ohren für die Belästigung. Die Menschen reden vom Verliebt sein. Sich zu Verlieben bedeutet dass man keine Liebe in sich trägt in den Gesetzen der Liebe. Wesen ohne Liebe verlieben sich. Die Strukturen dieser Gesellschaft hier sind nicht von liebenden Menschen gegründet und erschaffen worden. Sonst wäre sie nicht in dieser verheerenden Lage. Aber zurück zu dir meine Schöne. Weißt du, dass die Abschiede mit dir immer sehr schmerzen in meiner linken Brustgegend? Wenn wir uns zuwinken und dein schöner Körper in der Ferne immer kleiner wird. Dein Schiff löst den Anker und macht sich wieder auf zu seiner Heimatsstätte. Unsere Schiffe treffen sich im Ozean der Liebe und danach fahren unsere Schiffe wieder zu ihren Flüssen zurück. Liebe ist ein Kind der Freiheit.

Wir dürfen niemals das gleiche Schiff besteigen, hörst du? Dies würde gegen die Liebe sein. In der Liebe gibt es kein Besitz.

„Am meisten verachtet wird ein reicher Mann der seinen Reichtum nicht austeilt. Von ihm kann man sagen, er ist wahrhaft arm. Wenn du ein Geizkragen bist, wir der Geist sich denken. Dieser Bastard ist mir zu knickrig, ich verschwinde, und er wird entweichen. Aber wenn du ein Essen mit andern teilst, wird der gute Geist bei dir bleiben."

Lame Deer

Majestät Vera, ich habe so große Ängste in mir. Es ist das Werk der Gesellschaft, die mich verkrüppelte und zu einem schlechten Menschen machte. Ich bin nur ein Ebenbild ihrer dunklen Welt. Große Angst macht mir ihre Welt, doch die größte Angst ist es dich nie mehr wieder zu sehen in diesem Leben. Nach der Begegnung mit dir wurde ich zu einem unsterblichen *Mystiker* und ich komme nun besser zu Recht. Oft plagen mich Selbstmordgedanken wenn ich in ihrer Welt lebe. Würdest du Tränen vergießen wenn ich sterben würde? Oder wird es nur meine eigene Mutter sein? Vielleicht ist es besser wenn Weise Menschen alleine bleiben. Sie können in der Gegenwart von fleischfressenden Massen nicht friedlich leben. Sie werden aufgefressen werden von der Herde und werden gekreuzigt für ihre Gutmütigkeit. *Liebste Vera*, ich habe es nicht geschafft in ihrer Welt zu bestehen. Vermutlich war mein Herz zu sensibel und meine Tränendüsen wohnten zu nah an den Flüssen der Welt. Die Begegnung mit dir riss die Mauern in mir nieder. Ich verließ die Gassen meiner Heimat. Ich habe wenig Wissen vom Leben. Doch du musst der Engel der Liebe sein, dass weiß ich nun. Ich weiß nicht, was es heißt ordnungsgemäß zu leben, wie man es einem vorschreibt von der Gesellschaft. Womöglich ist dies mein Glück in dunklen Tagen der Menschheit.

„Ihr weißen Menschen verlangt von uns, dass wir die Erde pflügen, dass wir Gras schneiden und daraus Heu machen und es verkaufen, damit wir reich werden. Ihr weißen Männer kennt nur die Arbeit. Ich will nicht, dass meine jungen Männer euch gleich werden. Menschen, die immer nur arbeiten, haben keine Zeit zum Träumen, und nur wer Zeit zum Träumen hat, findet Weisheit."

Smohalla

Meine Liebe, sei nicht traurig. Doch ich sehe das Licht in der Ferne. Sie warten auf mich. Die Menschen, die ich liebe. Sie winken mir zu. Ich verlasse das Land des „Ichs" um mich auf den Weg zum grenzenlosen Ozean zu machen. Wirst du auch mit mir kommen? *Shakespeare* sagt, „Als erstes lasst uns alle Anwälte töten." In ihrer Welt gibt es keine Gerechtigkeit, deswegen mag ich von Dannen gehen. Jeder Tag ist zu schmerzlich für mein schwaches Herz. Ihre Anwälte sind nur die Vertreter der Reichen und Mächtigen. Ihre Gesetze sind aufgebaut um die Armen auszubeuten. Sie sollen die Reichen schützen. Ich zerbrach all die Stifte ihrer Schulen und negierte ihre Literatur als du mir den göttlichen Liebestrunk ausschenktest. Ich wurde Trunken von deinen Tränen. Dein Gesicht ist nun meine Gebetsrichtung. Deine Tränen sind meine rituelle Waschung. Nichts geht über deinen Geist. Wenn ich ohne dich bin, verbrennt mein Leib. Selbst die Weisen und Gelehrten vermögen meine Geheimnisse dieser Liebe zu dir zu erforschen. Den Büchern war ich verfallen bevor ich dich traf. Nun wohne ich in der Stille liebe *Vera*.

„Uns Indianern ist das Lachen heilig. Für so arme Leute wie wir, die alles verloren haben und von Tod und Traurigkeit bedrängt sind, ist das Lachen ein kostbares Geschenk."

Lame Deer

Der Lärm, der Welt lässt einen manchmal mehr Ermüden als man denkt. Es ist wie als suche man die Farben der Liebe in der Dunkelheit. Der erhabene Mensch wird in der Einsamkeit geboren und in der Menge verliert er wiederum seine Schönheit. Dein Gesicht Vera ist das Antlitz der Schönheit. Dein göttlicher Charakter und deine schönen Augen lassen mich von der Dunkelheit befreien. In den Momenten, an denen ich an dich denke eröffnet sich eine neue Welt und all das Leid der Menschheit die ich auf meinem gekrümmten Rücken trage, hört auf für eine Weile. Es ist als wäre man angekommen nach Jahrhunderten des Leids. Wie ist es für dich? Wie ist es in Liebe zu verfallen mit einem armen, hoffnungslosen Romantiker, der sich in der heutigen Zeit verlaufen haben muss? Gerne würde ich dich jetzt an den Bergen und Tälern deines schönen Körpers küssen, aber es wird mir wohl noch für eine Weile verwehrt bleiben, da du in der Ferne zu Hause bist. Ohne dich ist es als hätte man Ketten an. Wie ein Sklave in diesem kapitalistischen, menschenfeindlichen System. Armut oder Sklaverei, wir haben die Wahl. Gerade die Dichter werden in dieser Gesellschaft tagtäglich harten Schlägen ausgesetzt. Trübsinnig wird man in diesen mechanischen Zeiten, doch deine Liebe gibt Hoffnung und reformiert die Liebe. In deinem Meer bin ich der glücklichste Fisch. Dein Wasser zu trinken macht Trunken. Unsere Seele lebt heute in Konzentrationslagern und sie haben unser Todesurteil gefällt. Die Sklaverei geschieht heute in dieser Form. Naja, nun höre ich lieber auf mit diesen Gedanken und küsse in Gedanken deine schönen, zarten Hände mit der du meine Seele streichelst.

„Die Schlafwandler sind die Götzenanbeter, die Vernünftigen und Empfindsamen die Gläubigen."

Albert Caraco, Brevier des Chaos

Vera, du hast so eine bezaubernde Schrift. Deine Briefe sind wie ein schönes Bild von *Vincent Van Gogh*. Man kann in deinen Briefen die Sehnsucht nach der Ewigkeit spüren. Die Sehnsucht der Bäume nach den Sternen. Du kommst aus einem Adelshaus und doch fühlt sich deine Seele dort nicht Zuhause. Deine Seele kam in einer reichen Familie zur Welt. Nun rebelliert sie gegen dieses Haus, da dort das Licht der Ewigkeit nicht überleben kann. Die Lotusblume öffnet sich und wird prachtvoll im Schlamm und nicht an künstlichen Orten. Deine Seele rebelliert gegen die Fremde. Im goldenen Käfig kann der Vogel keine schönen Lieder singen. Dort wohnen die Menschen deren Herz aus Stein ist. Schau, ich bin alt geworden. Jede einzelne Falte in meinem Gesicht erzählt einen Roman. Kein Geld der Welt könnte so einen Roman schreiben. Deswegen erleben die reichen Menschen nichts Erhabenes und die Romane bleiben ihren Welten fern. In dieser Welt Vera, wo die Idioten voller Selbstvertrauen die Welt und Mutter Natur ruinieren und die schönen Wesen voller Unsicherheit und Zweifel sind. Ist dies nicht verwirrend? Ein Freigeist wird nur ein Liebender wenn er die Flucht aus seinem Viertel schafft. Alle anderen Wesen die hinter der Mauer ihrer eigenen Sippe sich verschanzen, können die Wege der Wahrheit nicht laufen. Ein Suchender muss man sein, bei Tag und bei Nacht. Die Suche nach mir selbst führte mich in deinen Blumengarten. Es heißt, „Das Blut eines Verliebten wird nicht alt und trocknet nicht." Gestern schlitzte ich auf mein Herz und Verstand danach dieses Zitat.

„Sie organisieren methodisch die Hölle, in der wir verbrennen, und um uns am Nachdenken zu hindern, bieten sie uns schwachsinnige Schauspiele, bei denen unsere Empfindungsfähigkeit verroht und sich unser Verstand schließlich in Nichts auflösen wird, sie werde diese Spiele heiligen, indem sie sich ihrer Sucht mit allem gebührenden Pomp hingeben."

Albert Caraco, Brevier des Chaos

Liebe Vera, die meisten Menschen sind dumm wie Stroh. Sie werden vom Wind weggetragen. Selbst das Stroh ist nutzvoller als die meisten Menschen auf dieser Welt. In deiner Liebe vereinigt sich das Diesseits mit dem Jenseits. Alle Grenzen fallen nieder. Wie traurig Oh Geliebte, das du nur so fern von mir bist. Mit viel Sorgen und Sehnsüchten hast du mich hier wieder zurückgelassen. Deine Hände führen mich in den Rosengarten des Herzens. Empfindest du dies genauso? Oh, du Seele von Hunderten Rosengärten, was machst du nur mit meinem Verstand? Seit wir uns kennen sehe ich die Ereignisse der Welt mit den Augen Gottes. Das Überzeitliche ist in diesem Blick zu sehen, das Universelle und Kosmische. Das Selbst der Liebe. Mein ganzes Klagen kommt aus der Existenz. Sie redet nun in mir. Meine vergangene, niedere Sprache ist gestorben. In höhere Sphären schaue ich nun, dank deiner göttlichen Brille *Vera*. Meine erste Geburt war gewöhnlich und normal. Die zweite Geburt entstand aus der Liebe. Du bist der Grund, dass ich mit einem Lächeln auf dem Gesicht nun sterben kann. Die fleischliche Lust im Leben der Menschen macht ihr Äußeres sehr hässlich. Wenn man sie genau betrachtet, sieht man das Bestialische in ihren Geistern und Gesichtern. Kannst du dies auch sehen? Ich möchte dich nicht belehren, nur teilen was mir auf dem Herzen liegt. So vergib mir, *Liebste*.

„Die Menschheit ist ganz und gar einverstanden mit dem, was sie erdulden muss, was sie besaß, sie verzichtet darauf, und wir werden sie nicht zwingen, sich zu verleugnen, sie weigert sich, dass bißchen, was sie unterscheidet, zu verstehen. Sie verabscheut die, die sie warnen, und sie werden von der weltlichen und religiösen Macht einhellig zum Schweigen verurteilt werden, die Wenigen, die den Blinden die Augen öffnen und die Gehörlosen rühren."

Albert Caraco, Brevier des Chaos

Liebes, du besitzt Tausende von Welten voller Licht und Segen. Wie kannst du mich nun bitten vom irdischen Fleisch zu essen? Meine Seele ernährt sich von dir. Oh halt an diese Gedanken, und bitte mich nicht dich eines Tages zu vergessen. Deine Lieder sind unsterblich und der Klang geht mir nicht mehr aus den Ohren. Das Glas der Menschen hat einen Sprung und ist voller Fehler. Dein Glas, aus dem ich trinke ist vollkommen. Du sollst wissen, dass mich zu Lieben bedeutet, viel Entbehrung und Einsamkeit zu dir zu nehmen. Ich habe keine Freunde. Wer ist nun Feind und wer ist Freund? Du bist der treueste Seelengefährte. Ich werde nicht zweifeln, an dem Tag an dem ich diese Welt verlasse. Deine Liebe segnet jeden einzelnen Moment und alles Zweifeln hört auf Vera. Das Grab ist nur ein Schleier des Lebens. Das Grab scheint ein Gefängnis zu sein, für die Menschen die nicht vertrauen können. Kann es denn nicht die Befreiung des Lebens sein? Die schöpferische Seele fliegt von Traum zu Traum. Genau, wie ich heute Nacht zu dir flog, in deine Stube. Eingebettet in der Decke mit dir, starben wir Arm in Arm liebste Vera. Ich möchte nur noch Einkaufen vom Laden der Einheit. Die weltlichen Kaufhäuser sind zu billig. So viel Geld habe ich nicht zu verschenken. Hörst du? Dazu bin ich nicht *Arm* genug.

„Wenn du nicht von Dingen tief in deinem eigenen Herzen schreibst. Was ist denn da der Sinn, so viele Worte zu machen?"

Meister Ryokan

Majestät, der Hauch Gottes bewohnt alle Lebewesen. Warum bringt der Mensch dann andere Lebewesen nur um? Nur um seinen toten Körper zu nähren? Hat er denn keine Ehrfurcht vor dem Leben? Alles Leben, welches geboren wird möchte auch weiter leben. Niemand möchte doch sterben. Verstehst du dies warum die Menschen sich so bestialisch verhalten? Die Tiere sind traurig. Ich sehe ihren Aufschrei und kann ihr Leid erfühlen. Sie sind so unschuldig Vera. Ein Mensch, der dem Leben vertraut kann nicht töten oder Fleisch essen. Der Mensch von heute vergießt Blut, ist streitsüchtig und ungeduldig bei all seinen Handlungen. Wohin wollen sie nur so schnell gehen? Ihre Begierde wird ihnen zum Verhängnis. Der Mensch sollte wissen, dass er nicht das höchste aller Geschöpfe ist. Es gibt höhere Wesen. Das traditionelle Denken akzeptiert dies nicht, weil es gegen seine Ordnung ist. Der Dienst an der Natur bedeutet Gottesdienst zu betreiben. Und nicht nur am Menschen. Vera, meine große Angst ist es, von der Dunkelheit der Menschen eines Tages eingenommen zu werden. Wird mein Herz auch eines Tages zu Stein werden? Ich gehe jeden Tag gegen dies an. Hoffe, dass ich diesen Krieg gewinnen kann. Die Gesellschaft ist listig und besitzt eine teuflische Cleverness wenn es darum geht ihre kranken Strukturen zu schützen. Ein anderer Weg wird nicht akzeptiert.

„Wenn dein Herz sich treu bleibt, so werden wir so fest verbunden sein. Für endlose Zeiten. Vergesst nicht, euer Leben in Heiterkeit zu leben, mit der tiefen Verbundenheit elterlicher Liebe, und all eure Tätigkeiten mit Großherzigkeit auszuführen."

Meister Ryokan

Du fragst dich warum ich der Poesie verfallen bin? Um ehrlich zu sein. Ich weiß es nicht. Das Auge des Verstandes kann nicht sehen. Es ist eine tiefe Sehnsucht im Ozean meines Wesens, welches Auftauchen möchte. Zu lange lebt es nun in weiten Ozeanen. Es möchte fliegen zum Festland. Ich vermute, dass das Herz reden möchte. Die universelle Seele in mir lebt zu lange schon in Dualität. Es mag zum Ursprung zurück. So könnte ich es in weltlichen Wörtern beschreiben. Ist dies verständlich für dich? Im Geben findet meine Seele ewige Ruh. Die meisten Menschen wollen nur nehmen. Siehst du wie wir sind? Es ist ein Weg der gegen die herrschende Norm ist. Natürlich werden wir dafür von der Menge verspottet werden. Es ist ein Naturgesetz. Die Menschen sehen die Liebe nicht, aber sie sprechen über sie als Trost ihrer unschönen Welt. Sie beachten unsere Briefe nicht. Darin könnten sie die Künste der Liebenden betrachten. Doch hohe Schönheiten sind schwer zu erkennen, für das gewöhnliche Auge Vera. Die Tränen meiner Liebe zu dir sind nur eine Manifestation der Künste der Liebenden. *Rumi* sagt, „Die göttliche Vorsehung hat das Schöne stets hinter Leid und Kummer verborgen. Je größer das Leid, desto größer, stärker und heilsbringender war das Neue, das aus dem Schrecklichen hervorging." Viel Leid habe ich ertragen um zu dir zu finden. Doch Schau Vera, das Neue ist Geboren.

„Letzte Nacht kam der Regen herein und durchweichte meine Bücher."

Meister Ryokan

Bei unserem letzten Treffen schaute ich so oft in deine Augen, Vera. Darin kann ich die Schönheit Gottes sehen. In deinen Augen sieht man das Licht der Wahrheit und des unmittelbaren Wissens. Die Menschen fragen und sehnen sich nicht nach Schönheit. Sie stellen keine wichtigen Fragen in ihrem Leben. All ihre Fragen beantworte ich schon gar nicht mehr. Sie kommen aus ihrem Ego. In ihren Fragen herrscht Krieg. Es ist zu Intellektuell. Diese Menschen werden niemals den Palast der Weisheit betreten können. Ihre gesamte Gesellschaft basiert auf diesen Mustern. Ihre Kinder werden so erzogen. Es schmerzt zu sehen, wie unzählige von potentiellen Beethovens, Mozart, Goethes in ihrer Welt umgebracht werden. Die Geister der Kinder werden umgebracht. Die Kunst kann sich nicht entfalten. Ihre Staatskunst ist von niedriger Art und nur die Kunst von den Reichen und Mächtigen. Dort können keine großen Werke entstehen. Womöglich bin ich noch einer der wenigen auf dieser Welt, die sich von ihrem Käfig, den man Gesellschaft nennt, lösen konnte. Du siehst ja. Sie jagen mich jeden Tag, um mich wieder einzufangen und es ist ein stetiger Kampf. Auf diesem Weg der Liebe zu sterben bedeutet Märtyrer zu werden. So trauere nicht, wenn sie mich bald ermorden. Dein Mann widmete sich der Wahrheit seines Wesens und wollte die Menschheit voran bringen. Sei stolz und voller Anmut weiterhin.

„Da ich dir nun so begegnet bin, zum ersten Mal in meinem Leben. Kann ich anders, als zu empfinden. Was für ein süßer Traum, der noch in meinem dunklen Herzen weilt."

Meister Ryokan

Liebste Frau, wieso fügen Menschen anderen Wesen bloß nur Schaden zu? Wissen sie nicht, dass dieses Gift eines Tages zu ihnen zurück finden wird? Warum können die Menschen einfach nicht lieben ohne darüber nachzudenken, welchen Ertrag sie dafür bekommen? Liebe kehrt immer eines Tages zurück, ob früher oder später. Doch nur existenzielle Liebe. Das Bewusstsein der Liebe zu erklimmen ist nicht etwas was man in Büchern, Philosophien oder Schulen erlangen kann. Es kommt aus dem Mysterium im Inneren des Menschen. Der Weg der Erkenntnis ist Existenzieller Natur, nicht Intellektuell. Der Weg des Verstandes führt am Leben selbst vorbei. Ihre Wege gehen getrennte Wege mit dem Leben. Liebe kann man nur erfahren wenn man zum Liebenden wird. Liebe ist riskant. Es ist wie ohne Wasser zu bleiben in einer warmen Wüste. In den Augen der Menschen kann ich sehen ob sie zu Liebenden geworden sind oder nicht, und glaube mir Vera, viele Erwachte Seelen sind mir noch nicht begegnet. Deine Liebe lässt mein Herz pochen, und ich trete in Kontakt mit dem lebendigen Leben. Es erlaubt mir den Tanz des Lebens zu tanzen. Die Tore des Mysteriums werden geöffnet. Das Menschsein bedeutet heute eine Art von Krankheit. Das Wesen im Inneren des Menschen ist gespalten *Vera*. Deswegen all das regnerische Wetter da draußen.

„Gute Freunde und hervorragende Lehrer. Bleib ihnen nah. Reichtum und Macht sind vergängliche Träume, aber der Duft weiser Worte währt ewig."

Meister Ryokan

Liebes, die Menschen denken sie wären der Mittelpunt der Erde. Wie sie nur täuschen. Auf der anderen Seite denke ich mir. Wenn es nur gute Menschen auf der Erde geben würde, dann würde es keine Religionen geben, da der Mensch frei wäre. Das Herz würde der Führer sein und keine Ideologien. Ich möchte gute Menschen nähren mit meinen Büchern Vera. Von den schlechten gibt es bereits zu Viele. Solange Menschen nicht den spirituellen Pfad begehen, sind sie im Biologischen gefangen. Der Pfad des Spirituellen ist mühsam. Es ist der größte Quantensprung im Leben der Menschen. Der Sprung vom Sichtbaren zum Ewigen. Doch unten im Tal lebt es sich einfacher. Ich sehe Menschen, die lieben wollen ohne zur Liebe gefunden zu haben. Dies ist das gefährlichste, welches jemandem passieren kann. Ein armer Mensch ist nicht ökologisch arm sondern in seinem Geiste Vera. Deshalb ist es schwer für die Armen Nächstenliebe zu üben. Nur durch Geben wird man zum Besitzenden. Menschen, die die Welt der Poesie entdecken, können Reich werden. Die Liebe kann man nicht berauben. Sie ist ein sicherer Schatz. Diesen Schatz Vera kann man nicht in Kirchen oder Moscheen finden. Dort findet man nur Schwächlinge sitzen und beten. Ihr Gebet wird nicht erhört werden. Weißt du Vera? Die meisten Menschen sind voller List. Sie haben kein reines Herz. Womöglich ist es nur Schutz vor Verletzungen. Es ist besser sich betrügen zu lassen, als betrogen zu werden. Deshalb rennen die meisten Menschen voller Wut auf den Straßen herum. Niemand möchte zum Meister werden wo kein Verlangen mehr da ist.

„Wenn Ryokan kommt, so ist es, als sei der Frühling an einem dunklen Wintertag gekommen. Sein Wesen ist rein, und er ist ohne jede Verstellung und Falschheit. So ähnelt Ryokan den Unsterblichen der alten Zeiten aus Dichtung und Religion. Er strahlt Wärme und Mitgefühl aus. Er wird nie ärgerlich und überhört die Kritik der anderen. Die bloße Begegnung mit ihm weckt das Gute in den Menschen."

Zen Mönch Ugan

Vera, es ist Jedem von uns bestimmt zum höchsten Gipfel unseres Geistes aufzusteigen. Wieso tun es dann die meisten der Menschen nicht? Kannst du mir da weiterhelfen? Die Menschen sind zu Robotern geworden. Kein Lichtstrahl zu sehen. Der Sonnenaufgang erreicht unser Land nicht mehr. Ich habe eine These erfunden. Das Wort Religiös ist über die Jahrhunderte so sehr verfälscht worden. Wahre Religiosität bedeutet keine Zugehörigkeit zu einer Religionsgemeinschaft zu besitzen. Wesen, die nur aus dem Herzen leben, haben Zugang zu ihrem vergangenen Leben. Der Kopf ist politisch, diplomatisch. Das Herz bewegt sich geradeaus. Die Wege des Herzens sind sehr einfach. Und sie sind unbeirrbar. Es ist schade, dass der Menschensohn es noch immer nicht geschafft hat, eine Kultur des Herzens zu erschaffen. Groß ist das Herz, welches im Einklang mit dem Weg der Blumen ist. Dort gibt es kein Verlangen und Habgier. Eins mit dem Fluss des Lebens zu fließen. Zur *orgasmischen* Einheit zu driften. Der Weg des Soldaten ist der falsche Weg Vera, weil es unmöglich ist, das Leben zu erobern und zu bezwingen. Das Leben wird früher oder später diejenigen zerstören, die gegen das Leben selbst mit Gewalt angehen. Das Leben kennt keine Spaltung. Die Mehrheit der Menschen folgt dem Weg der Soldaten, leider. Deshalb haben wir hier die Hölle auf Erden. Der Wunsch mächtig zu sein ist ein Vergehen an Mutter Natur, Vera. Und die meisten Menschen streben nach Macht im Kleinen und großen

Plan. Sind denn nicht die Seligen die Sanftmütigen Vera? Das heißt, die Menschen folgen nicht dem Weg des Jesus von Nazareth. Aber Weihnachten feiern in großem Prunk. Dies ist erbärmlich. Das Sanftmütige ist direkt mit den Mysterien der Liebe verbunden. Niemand kann das Sanftmütige besiegen Vera.

„Die Blume öffnet sich, der Schmetterling kommt. Der Schmetterling kommt, die Blume öffnet sich. Ich verstehe andere nicht, die anderen verstehen mich nicht."

Meister Ryokan

Meine Geliebte, die Menschen hier streben nach äußerlichem Wohlbefinden. Sie sind nicht dankbar in der Fülle der Dinge. Sie besitzen Materiell alles was ihre Triebe begehren, doch in ihrem Inneren wachsen keine schönen Blumen. Das Fenster ihrer Seele öffnet deren Tore nicht. Meine Werke dienten dazu das innere in Harmonie zu bringen. All die Gedichte und Philosophie sollte eigentlich die Blumen ihrer inneren Schönheit zum Erblühen lassen. Doch sie wollen nicht zuhören Vera. Entweder ignorieren sie mich total. Oder sie lügen mich an. Ich darf nicht reden auf ihren Schauplätzen und Marktplätzen. Zu groß ist ihre Angst. Selbst die Zeitungen wollen nicht meine Buchvorstellungen drucken. Es ist nicht mehr zum Aushalten. Wenn ich dir nicht schreiben könnte, würde ich eingehen hier meine Geliebte. Sie wollen meinen Geist verkümmern lassen. Das Gefängnis welches man Gesellschaft nennt, hat es auf die Reinheit, das Unschuldige im Menschen abgesehen. Sie schneiden die Blumen der Feinfühligkeit ab, damit daraus kein Rosengarten der Zärtlichkeit in ihren Städten entstehen kann. Sie ziehen es lieber von in Städten von Betonbauten zu leben, wo das Menschliche stirbt. Keiner möchte mit dem Prozess des Lebens mitfließen. Ich kam in diese Welt um den Menschen Licht zu bringen, die Fackel der Weisheit, welches man nur in der Stille erhören kann. Dazu braucht es hörende Ohren. Sie aber wollen nur Vergnügen. Manchmal weiß ich nicht, ob ich traurig oder freudig sein soll wegen den Menschen, Vera. Auf der einen Seite machen sie alles damit meine Werke nicht zu den Menschen gelangen. Womöglich ist dies ja die Bestätigung der Wahrheit. Denn die toten Massen konnten noch nie zu Lebzeiten die Verrückten Schöpfergeister verstehen.

So, nun gehe ich wieder zur Stille hinüber. Dort findet alles Klagen über die Menschen ein Ende.

„Die Menschen in der Stadt sind nicht so glücklich. Jene arme Wesen müssen den ganzen Tag katzbuckeln."

Meister Ryokan

Hallo schöne Frau, wie geht es dir heute an diesem verregneten Morgen? Konntest du gut Ruhen in der Nacht heute? Mich beschäftigt heute, dass die meisten Menschen an einem großen Minderwertigkeitskomplex leiden. Es ist die Gesellschaft, die dieses fördert. Menschen möchten über andere herrschen nur um ihre eigene Überlegenheit zu demonstrieren. Doch wahre Stärke ist weich wie Wasser. Sag mir schöne Vera. Muss eine Rose für ihre Schönheit argumentieren? Muss der Vollmond sich anstrengen, seinen Glanz unter Beweis zu stellen? Ein überlegener Mensch weiß es einfach. Er braucht es nicht zu beweisen. Darum hat ein Liebendes Wesen kein Bedürfnis zu Herrschen. Er will zum Blühen kommen. Er will so hoch wie möglich in den Himmel wachsen. Ganz hoch am Himmel tanzen, mit den Sternen singen, das ist das Ziel eines Liebenden. Du bist mein Stern liebste Vera. Frei, wunderschön und doch bist du allein, wie jeder Stern im Universum. Dies macht die Schönheit der Sterne aus. Weißt du *Vera*? Ich schaue mir die Religionen an. Sie sind alle gegen Gott. Das Herz kommt in ihren Gottesdiensten nicht vor. Sie haben alle Werte verschmutzt. Die Sexualität kann als kraftvolle Energie genutzt werden. Man kann auf ihr Reiten bis direkt vor *Gottes* Tür.

„Yoga bedeutet Einheit mit dem Ganzen, mit dem Leben. Yoga ist keine rituelle Handlung auf Matten"

Sadhguru

Unsere Zivilisation wird kein schönes, künstlerisches Erbe hinterlassen. Wenn wir den Stecker der Automaten ziehen, die wir benutzen, so ist es vorbei mit dem Menschen. Die nächsten Generationen werden über uns lachen falls sie sehende Augen haben. Es ist seliger von dieser Welt zu gehen, als darin fest zu stecken. Solange die Welt nicht die femininen Kräfte des Menschen zum Herrn macht, wird es nichts Schönes geben. Diese Welt ist eine Art Hölle für feinfühlige, zärtliche Menschen. All die schönen Menschen sind zum anderen Ufer geschwommen. Was mache ich dann noch hier? Das frage ich mich sehr oft *Vera*. Womöglich ist es die Schuld für meine bösen Taten. Es ist das schönste in dieser hektischen Welt, wenn wir zwei auf einer Wiese einen Tee trinken. Wenn du am Bahnhof wieder in den Zug einsteigst und dein Zug losfährt. Dann schreit es in mir Vera. Ich hätte mir gewünscht stets die kindische Unschuld zu bewahren. Doch schau, sie haben uns besiegt. Nun, sind wir zu Bestien geworden und fügen uns ihren dunklen Welten. Wo ist nur das Kind in uns geblieben? Wahrscheinlich in den alten Romanen. Ich frage mich, wenn es nicht den Hafen der Dichtung geben würde, dann würde ich bei lebendigem Leib zugrunde gehen, in ihrer Welt. Dieser Hafen ist voller schöner Blumen und das Herz kommt nach Hause. Wenn die Haustür aufgeht und man wieder hinausgeht, dann verlässt man diese schöne Welt. Und es gibt keine Gerechtigkeit und Gleichheit da draußen, *Vera*. Du sollst wissen, mein Gesicht lächelt wenn es an dich denkt. Ja, der Hafen der Dichtung ist schön. Doch dein Hafen muss das schönste Paradies sein.

„Alles Leid entsteht durch Unzufriedenheit und Gier."

Buddha

Selig ist alles Sanftmütige im Leben. Sie ist die größte Macht im Leben. Durch Sanftmut ist man Zusammen mit dem Ganzen. Das Göttliche ist nur mit dem Ganzen möglich *Vera*. Die Sanftmütigen akzeptieren bereits ihre Niederlage. Wie kann man denn jemanden besiegen, der bereits besiegt ist? Ich stehe an letzter Stelle der Welt, liebste *Vera*. In dieser Welt sind es die aggressiven und gewalttätigen Menschen die Angebetet werden. Doch ihr Leben ist nur ein kurzes. Nach einem Leben ist es mit ihnen vorbei. So ist es nicht mit den liebenden Kreaturen. In den mächtigsten Positionen der Welt findet man Menschen, welche Geisteskrank sind. Wie kann eine sanftmütige Person bei diesem gewalttätigen Wettbewerb eine Machtposition erreichen? Niemals wird dies passieren. So ist es der Welt Lauf! In der Armut liegt der Reichtum der Verrückten Liebenden. Seine Waffe ist ein Niemand zu sein. Du kannst ihm nichts wegnehmen. Er hat kein Ego mehr. Es gab in der Geschichte sehr viele sanftmütige Menschen Vera. Das kannst du mir glauben. Doch die Geschichte hat sie niemals zur Kenntnis genommen. Sie waren so sanftmütig, so still, sie waren so in tiefer Harmonie, dass es um sie herum keine Unruhe gab. Sie kamen und gingen und sie hinterließen nicht einmal Fußspuren. Die Geschichte erinnert sich nur an die Unruhestifter. Das ist der Beweis dafür, dass etwas schief gelaufen ist im Leben der Menschheit.

„Ganz Asien ist eins. Wenn Asien eine Einheit ist, dann ist es ebenso wahr, dass die asiatischen Völker ein einziges mächtiges Netz bilden. Arabische Ritterlichkeit, persische Dichtkunst, chinesische Ethik und indische Denkart, sie alle verweisen auf einen einzigen alten asiatischen Frieden. Den Koran selbst könnte man bezeichnen als Konfuzianismus zu Pferd, das Schwert in der Hand."

Kakuzo Okakura, Die Weisheit des Ostens

Ein Liebender Geist lebt wie die Bäume und Flüsse. Er zieht umher wie die Wolken. Die Liebenden, die mit dem Zentrum des Lebens verbunden sind haben ein anderes Konzept von Macht. In der Schwäche ist die größte Kraft versteckt. Sie ist zu sehen für aufgeweckte Geister, Vera. Heutzutage leben die Menschen ein sehr unterdrücktes, unwirkliches Leben. Sie lächeln, wenn sie gar nicht lächeln wollen. Wenn sie eigentlich wütend sein wollen, sind sie freundlich. Das ganze Lebensmuster ist falsch. Alles nur noch billige Rollen eines fünftklassigen Spielfilms. Ein Wesen, welches dem Leben vertraut, der hat alle Leidenschaften losgelassen. Die Wirtschaft und die Politik hat die denkenden Menschen unter Kontrolle. So können wir nicht zur Freiheit fliegen. In der existenziellen Lehre liegt der schönste Weg. Es ist ein weiter Weg. Manchmal dauert er mehrere Leben. Der Finger des *Buddha* zeigt auf den Mond. Die Menschen beschäftigen sich mit dem Finger. Das Majestätische bewohnt den Mond. Keiner möchte das glorreiche Ganze sehen. Sie spielen mit dem Finger. Dies ist einfach und ohne viel Mühe. Diejenigen die auf den Finger schauen sind die Gläubigen Ungläubigen. Der Mond symbolisiert die Vertrauenden. In dem Moment *Vera*, an dem man loslässt und keine Eile mehr hat, dann umarmen sich die Hände des Lebens. Die ganze Existenz kommt und fließt dann in dich hinein. Zum ersten Male kommt man mit dem Leben in Verbindung.

„Solange ihr nicht teilt und gebt was euch am Liebsten ist, werdet ihr niemals in der Liebe zum Ziel gelangen."

Koran, Ali Imran

Alles ist ein Wunder Vera. Dass wir hier auf Erden sein dürfen, und all die Schönheiten der Welt wahrnehmen können. Das Geheimnis des Lebens ist in der Phantasie versteckt. Davon bin ich überzeugt. Wo das Begrenzte verschwindet, da fangen die Wunder des Lebens an. Die Schwerkraft verschwindet und der Mensch fliegt in andere Welten. Man treibt mit dem Fluss der Seligkeit und kommt bei Gott an. Doch es ist nicht der Gott der „Gläubigen Ungläubigen". In dieser majestätischen Sphäre wird man zart und zerbrechlich. Man wird achtsam gegenüber dem Leben. Und hat Ehrfurcht vor Allem. Diese Welt ist schön. Ich rede allerdings nicht von der Welt der Masse. In unserer Welt kennen wir es nicht zu zerstören. Wir sind wie die Blumen Vera. Ihre Welt ist hässlich. Sie ist eine Welt, die vom Ego erschaffen wurde. In ihrer Welt ist alles vergänglich. Die Werke der Indianer werden stets für immer da sein. In ihrer Welt herrscht stets Kampf, Konkurrenz und es wird versucht mit allen Mitteln mehr Reichtum zu scheffeln, mehr Macht zu bekommen. So arbeitet und funktioniert die westliche Art zu denken und leben. Nur auf der Landkarte der Politiker sieht man Spaltung und Nationen. In unserer Welt ist alles Eins.

„Hat der Papst eine neue Botschaft von Gott bekommen?"

Osho

Schönheit aller Welten Vera. Es ist wirklich ein großes Unglück für die Welt, dass sich die törichten Menschen ihrer Sache immer so sicher sind, während die Weisen zögern. Die Liebenden sind sehr zögerlich. Deshalb muss man ihnen sehr aufmerksam und sehr offen zuhören wenn man sie wirklich verstehen will. Sie liefern die Wahrheiten nicht in einem kompletten Paket. Es gibt nur ein stilles Lächeln als höchster Hinweis. Der Verstand ist immer ein Geschäftsmann. Er versteht nichts von tieferen Welten. Deswegen ist der Westen die falsche Heimat für mich. Dieses Land wird vom Verstand regiert. Glückliche Menschen streben nicht nach hohem Geschäft, Ruhm oder Anerkennung. Nur Unglückliche wollen Anerkennung. Was kümmert es einen, ob dich jemand kennt oder nicht, wenn du dich selbst kennst? Menschen die nach Macht, Ruhm und Geld streben haben einen tiefen Minderwertigkeitskomplex in ihrem Geist. Deswegen all das Streben nach toten Dingen. Schau dir doch die Leute an, jene die Geld besitzen Vera. Sie tanzen nicht, sie feiern nicht. Sie sehen nicht glücklich aus. Es kann vorkommen, dass du einem Bettler begegnest, der glücklich aussieht, aber es ist unmöglich einem Reichen zu begegnen, der glücklich aussieht. Das Gesicht der Reichen ist meistens angespannt. Man findet keine Anmut darin, keine Schönheit, keine Würde. Man erkennt nicht Gott darin, sondern einen subtilen Egoismus. Die Gesichter der Liebenden Wesen sind voller Frieden, so göttlich. Ohne jede Spannung, so unschuldig. Sie kämpfen nicht gegen die Natur des Lebens. Ich mag zwar mit den Menschen um mich gemeinsam wandeln, aber dies heißt nicht, dass wir in gleichen Welten leben. Wir gehen verschiedene Wege.

„Ich glaube, man sollte überhaupt nur noch solche Bücher lesen, die einen beißen und stechen. Wenn das Buch, das wir lesen, uns nicht mit einem Faustschlag auf den Schädel weckt, wozu lesen wir dann das Buch? Ein Buch muss die Axt sein für das gefrorene Meer in uns."

Franz Kafka

Das Lachen und Weinen zugleich zu sehen in den Augen eines Menschen ist das größte Gebet. Es gibt so wenige davon hier Vera. Wie schwer ist es doch einen Menschen zu finden, der Heil ist in seinem Inneren. Der Mensch ist in einem stätigen Kampf mit sich selbst. Wahrlich Vera, ich wandle unter dem Volk, doch muss mich schützen vor ihren bösen Blicken. Die Blicke sind Messerscharf und wenn man nicht aufpasset, können sie einem die schöne Seele stehlen. Der heilige Diamant im Herzen muss geschützt werden vor dem Pöbel der Gesellschaft. Weißt du was die Gesellschaft hasst und nicht ausstehen kann Vera? Wenn Augen glänzen und funkeln. Sie wollen solch schöne Augen nicht dulden bei ihnen. Deswegen der Hass auf uns. Der Anblick dieser Menschen ist nur so unerträglich und eine solche Qual, dass ich es nie für möglich gehalten hätte, dass ich das ertragen könnte. Der Schmerz ist zu groß, es droht mir das Herz zu brechen. Das einzige was mich am Leben hält, ist die Hoffnung, dass es noch eine Zukunft gibt Vera. Doch es gibt eine winzige Hoffnung, dass sich der Mensch von seinen Ketten befreien kann, dass der Mensch erkennen könnte, wie sehr man ihn betrogen, getäuscht und ausgebeutet hat. Nur die Hoffnung auf den neuen Menschen hält mich am Leben. Ansonsten ist der Anblick der Vergangenheit und Gegenwart der Menschen so belastend, so niederschmetternd, dass ich vor Gram gestorben wäre.

„Falls die ganze Welt glücklich werden sollte, würde es garantiert keine Religion mehr geben."

Bertrand Russel

Wie lange wird es der Mensch in dem Gefängnis seines Verstandes noch aushalten? Alle Glaubenssysteme sind Gefängnisse. Es macht keinen Unterschied, liebe Vera. Es tut einfach weh, die Menschen wie Vieh gebrandmarkt zu sehen. Rund um die Erde ist kaum noch ein Mensch zu finden, der nicht gebrandmarkt wurde, der immer noch fern der Masse herumläuft, der sich die Masse noch nicht einverleibt hat, er ein einheitliches Ganzes ist, der ein einzelnes Ganzes ist, der ohne Furcht seiner Natur gemäß lebt. Und nur unglückliche lassen sich führen von der Religion der Wirtschaft, mit seinen unmenschlichen Ritualen und Tempeln. Das Leben selbst ist voller Reichtum. Wer will da noch ihre Friedhöfe betreten? Ich hoffe, dass dies nicht ewig so weitergehen kann. Dass die Intelligenz des Menschen eines Tages rebellieren wird. Rebellion ist die einzige Hoffnung. Alle Gotteshäuser müssen zerschlagen werden. Diese Erde, dieser Himmel voller bezaubernder Sterne ist der einzige Tempel, den es überhaupt gibt. Alle anderen Tempel sind künstlich. Und dieses Leben, das in den Bäumen, in den Tieren, in den Menschen steckt, ist der einzige lebendige Schöpfer. Das Leben gibt euch keine Zehn Gebote. Es liebt euch wie ihr seid. Eure göttliche Natur.

„Was ich geleistet habe, ist nur ein Erfolg des Alleinseins."

(Tagebücher, 1913) Franz Kafka

Wenn sich Mann und Frau nicht lieben sollen, warum hat die Natur uns dann diese Begierde eingepflanzt? Warum ist die Gesellschaft gegen die Liebe? Warum werden in den Nachrichten immer gewalttätige Menschen gezeigt, und nicht diejenigen die sich lieben? Menschen glauben gerne an Märchen, die man ihnen erzählt Vera. So ist es einfacher zu leben und man kann sich dem toten Vergnügen widmen. Schau dich einmal um Vera. Die meisten Menschen sind nur damit beschäftigt ihre Sinne zu befriedigen in der Konsumhaltung. Niemand widmet sich den Tiefen des Geistes. Wird diese dunkle Nacht jemals enden? Wir die Morgendämmerung eines Tages kommen Vera? Das Weibliche steht der Natur näher wie das Männliche. Die Männer sind nur Zaungäste des Lebens. Die Quelle des Lebens redet die weibliche Sprache. In Wirklichkeit möchte sich die Gesellschaft an mir rächen. Wegen meiner Werke. Sie tun es mit geschmückten Wörtern. Ihre Justiztempel sind nur Tarnungen. Doch Löwen haben keine Furcht vor den Sklaven. Und sie wissen es auch, dass sie Sklaven sind. Wer unschuldig sein möchte, muss wie ein Kind sein. Ein Kind ist unschuldig und es vertraut dem Leben.

„Alles was geschieht, hat geschehen sollen."

Gautama Buddha

Der Mensch ist ein stetiges Werden Vera. Ich höre die Masse sprechen. Sie sagen, „Wir sind doch alle nur Menschen." Dieser Satz erklärt ihre Verlogenheit und ihren Stillstand. Zu einem Menschen wird man. Man wird nicht so geboren. Sonst wären die Gesetze der Existenz unfair und reiner Schwachsinn. Das Ziel des Lebens ist es zu neuen Dimensionen zu gelangen und seine wahre Natur zu finden. Wisst ihr jetzt warum all das Vergnügen tot ist? Es hindert einen daran in Stille zu gehen. Zu seinen Tiefen. Wer Erwacht kann sich Mensch nennen. Wer zum höchsten Bewusstsein findet kann sich Mensch nennen. Alles andere ist schlimmer als das Tier sein. So liebe Geschöpfe. Werdet zu Menschen. Doch seid gewarnt, es ist ein einsamer Weg. Deswegen spreche ich in meinen Werken mit mir selbst. Mit den Menschen zu reden würde Missverständnisse bringen. Am Gipfel redet man eine andere Sprache. Und unten im Tal eine andere. Ich kann sagen was mir am Herzen liegt. Es ist ein schöner Monolog. Dialoge mit euch würden euch nur Verwirren. Kompromisse mit eurer Welt einzugehen, würde den Tod für mich bedeuten. So lassen wir es lieber. Am Flachland zu bleiben, im Schatten zu liegen für euch ist angenehmer. Glaubt mir. Ihr würdet auf den ersten Metern der Wanderung des Gipfels wieder zurückkehren. Nur in der Bewegung auf den Gipfel können schöne Lieder komponiert werden. Deswegen gibt es in eurer Welt keine schönen Lieder mehr. Ihr könnt gerne Wandern. Doch dann nur auf dem Marktplatz. Da kennt man die höheren Werte nicht. Dort seid ihr gut aufgehoben.

„Ich bin nichts als eine Sehnsucht, ein Verlangen nach dem Unmöglichen."

Rabindranath Tagore

Der Ansatz, der Weg ist die Kunst, die Ästhetik, die Poesie. Dieser Weg läuft synchron mit dem Leben Vera. In der Kunst reden die Brunnen des inneren Geliebten. Es geht darum selbst zu einer Rose zu werden. Die Kunst führt den Menschen nach Hause. Alle anderen Wege führen ins Labyrinth der Unwissenheit. Die Wissenschaftler und Intellektuellen Menschen können über die Materie nicht hinausgehen. Ihr Blick ist beschränkt. Nur der Dichter und Mystiker kann sich in geheimnisvolle Höhen schwingen. Er geht über die Welt der Form hinaus. In der Kunst kommt man dem Lande der schönsten Götter näher. Die Wissenschaftler bleiben unten im Tal. Die Dichter sind die Schaffenden und Schöpferischen Wesen. Sie bringen das Leben vorwärts. Mathematisches und logisches Denken kann die Geheimnisse des Lebens nicht wahrnehmen. Es ist gegen die Naturgesetze. Weißt du *Vera*? Weil die Wissenschaft so dominant geworden ist, ist die Kunst und Dichtung fast verschwunden. Sie hat die Lebendigkeit verloren, die sie einst mal hatte. Deswegen ist alle Schönheit aus dem Leben der Menschen verschwunden. Die Geheimnisse des Lebens sind von uns gegangen. Die Wissenschaft ist wie die Religion der Inquisition geworden. Die Mehrheit der Menschheit betet die Materie an. Den Intellektuellen und den Religiösen Menschen haben wir dies zu verdanken. Sie haben die Menschheit in Ketten gelegt. Der männliche, westliche, harte Verstand regiert hierzulande und das Weibliche bekommt keine Luft in seiner Herrschaft. Das Feminine im Leben ist die Hauptattraktion im Leben. Das Männliche ist nur Zuschauer dieses schönen *Theaterstückes*, welches man Liebe nennt.

„Alle Diktatoren der Welt werden von uns selbst erschaffen, denn wir möchten, dass uns jemand sagt, was wir tun sollen. Die Menschen verdammen die Diktatoren, aber niemand denkt darüber nach, was die Psychologie dahinter ist, wie Diktatoren geschaffen werden, wer sie erschafft. Wir sind es, die die erschaffen, weil wir unsere Verantwortung abgeben."

Osho

Das Begrenzte im Leben ist für den Dummkopf, für den Durschnitt bestimmt. Das Unmögliche ist dem wahren Riesen vorbehalten Vera. Das Unmögliche treibt das menschliche Bewusstsein auf immer höhere Ebenen. Auch wenn man auf diesem Weg den Gipfel nicht erreicht. So ist dies ein seliges Leben. Der Mensch wird erst zu einem Wesen, wenn er immer weiter geht. Und gegen die Norm angehen muss. Ich möchte, dass du mich bei unseren nächsten Treffen den Abhang hinunter in die Unendlichkeit schubst. Tue es Vera. Erlöse mich von diesem Leid hier auf der Welt. In dieser Welt, wo der Erfolg des Menschen Gott geworden ist, werde ich nur Verlierer sein. Verstehe mich nicht falsch. Nicht weil ich aufgebe oder ähnliches. Nein, dies ist alles symbolisch zu verstehen. Mein Obdach ist im Abgrund zu finden. In diesem abgründigen Tal erwacht der Löwe in mir. Die Schauer des Lebens streicheln meine Haut und der Tanz des Lebens lässt mein Herz lauter springen. Dort wo ich bei Sonnenuntergang stand, da darf ich nicht mehr bei Sonnenaufgang stehen. Nie wieder darf mich die Sonne so antreffen. Sonst wird sie traurig. Die Liebenden sind Bergsteiger des Lebens. Sie steigen vom Tal zum schönsten Himmel. Die Wanderer der Seele hinterlassen dem Leben schöne Dinge. Alle anderen Menschen waren nur eine Zeitverschwendung und nutzlos auf Erden.

„Menschen wie Sokrates, Zarathustra, Bodhidharma. Sie waren bewusst genug, niemandem Leid zuzufügen. Wir brauchen keine Gesetze, keine Verfassungen. Wen die ganze Gesellschaft sich weiterentwickelt und wirklich menschlich wird, dann gibt es Liebe und keine Gesetze."

Osho

Der Mensch sollte über sich selbst hinauswachsen liebste *Vera*. Doch er hat es sich eingerichtet in bequemen Lügen zu leben. Auf dem Silbertablett wird einem nicht die Wahrheit serviert. Dazu braucht es viel Herz und Eifer. Dafür musst du alles aufs Spiel setzen können. All die Religionen, Götter und Moralaposteln müssen umgebracht werden, damit man zur Wahrheit gelangt. Splitternackt muss man auf den Straßen herumziehen, wie ein neugeborenes Baby. In jedem Menschen steckt ein Raum in denen die Wunder des Lebens wohnen. Du musst nur groß genug sein, um von dir selbst wegzugehen. So trage dich nicht selbst unnötig herum Vera. Lass los. Es gibt nicht Milliarden von „Ichs", sondern ein Universelles „Ich", worauf sich alle Wesen beziehen. Du musst groß genug sein, um aus dir selbst herauszugehen. Aus der Hülle deiner eigenen Identität austreten. Lass dich vom Leben berühren. Das Leben muss auf den Kopf gestellt werden. Chaos bedeutet Freiheit. Dein Herz ist groß genug um Veränderung anzunehmen. Die Masse schläft in Ignoranz oder Arroganz. Das Erstreben nach dem wahren Kern ihres Wesens ist ihnen zu schwer.

„Ich bin sicher nicht fair dem Dieb gegenüber. Dass du ins Gefängnis musst ist wichtiger, weil du so viel Geld angehäuft hast. Du hast so viele Menschen um Geld betrogen, dass Tausende jetzt arm und unterdrückt sind. Und du kratzt immer weiter Geld zusammen, wofür? Deine ganze Gier schafft diese Diebe. Du bist verantwortlich dafür. Du hast das erste Verbrechen begangen."

Laotse

Diese verrottete, abscheuliche Menschheit muss schnell wie möglichst ersetzt werden Vera. Wir leben mittendrin in diesem Elend. Wir haben uns daran gewöhnt, wie morsch sie ist. Wir haben uns an den schlimmen Gestank der Menschheit gewöhnt. Wir kennen nur diese Menschheit Vera. Darum erkennen die Menschen nicht wie abscheulich, wie hässlich, neidisch, lieblos, dumm und banal sie sich verhält. Die Schriften der Liebenden öffnen neue Toren. Die Tore zu den schönsten Romanen. Vera, manchmal bin ich am Verzweifeln. Meine Liebe zum Menschen ist grenzenlos. Doch die Menschen in diesem Land schlagen auf mich ein. Ich bin doch nicht Feind, sondern des Menschen Freund, der das Göttliche in sich selbst verbirgt. Ich rede zu den Liebenden. Die Blutshunde der Masse kann mich nicht verstehen. Ich hasse den jetzigen Zustand der Menschen. Weil ich weiß, dass der Mensch zu höheren Gipfeln steigen kann. Es macht mich traurig, die Menschen auf Knien leben zu sehen. Sie leben unter ihrem Niveau. Sie rennen den falschen Sachen hinterher. Der Hass auf die gegenwärtige Lage ist aus Liebe zum neuen Menschen. Wer abgestumpft ist kann keine Wunder sehen. Er wird blind und taub allem gegenüber. Warum hören die Menschen nicht mehr die zartesten Töne? Warum begeistert man sich nicht mehr für Dichtung? Wo ist die Liebe geblieben wie in alten Romane und Filmen. Sie muss vom Weg abgekommen sein. Nein, ich denke sie wurde entführt von den Religiösen und Ideologischen Menschen.

Alle Moralvorschriften und ethischen Normen sind von heuchlerischen Menschen geschrieben worden. Zweifellos bilden die Schafe die Mehrheit der Menschen. Es muss ein Naturgesetz zu allen Lebzeiten sein. So war es schon immer Vera.

„Laotses Logik ist glasklar. Wenn es viele Arme und nur wenige Reiche gibt, kannst du Diebe nicht vermeiden, du kannst Diebstahl nicht vermeiden. Es gibt nur einen Weg, das zu vermeiden. Es muss eine Gesellschafft erschaffen werden, in der jeder genug hat, um seine Bedürfnisse zu befriedigen, und in der keiner aus Gier unnötig viel ansammelt."

Osho

Es ist der Wille zur Ewigkeit, welches in mir Brunnen zum Springen bringt. Deine Liebe führt mich zum Pfad dieses Brunnens. Dies sollst du wissen. Wer die Ewigkeit gewinnen möchte, kann keine Macht über andere ausüben. Herrschsucht heißt Macht über andere. Überall sieht man Bettler auf den Straßen. Es sind die Reichen und Sklaven des Geldes. Ihre religiöse Haltung ist die Wirtschaft. Die Religion der Liebenden ist einzig und allein die Mutter Natur. Mehr bedarf es nicht. Die Könige, die Priester und die gerissenen Politiker haben uns unser Lachen beraubt. Man hat die Menschen versklavt indem man ihnen das kindliche Lächeln beraubt hat. Diese Kaste von Menschen möchte mich in die Hölle vertreiben, doch wissen sie denn nicht, dass dort die kreativsten Menschen der Menschheit leben. In der Hölle sind alle großen Dichter zu treffen. Sämtliche Philosophen, Bildhauer, Mystiker und Propheten. Dort wird man *Sokrates, Mohammed und Jesus* treffen. Man wird alle Genies finden, die etwas zum Leben beigesteuert haben, all die Künstler, die diese Erde ein wenig schöner hinterlassen haben. *Friedrich Nietzsche* sagte einst, „Alle große Liebe will nicht Liebe, die will mehr." Ja, Vera. Große Liebe will nicht Liebe, wozu auch, sie ist bereits große Liebe. Sie will etwas mehr, etwas, das noch höher über der Liebe steht. Nämlich Andacht oder Meditation. Nur wer meditiert, wer allein ist und von Liebe überströmt, erfährt die Freiheit einer grenzenlosen Liebe. Die Liebe ist die letzte Stufe. Nach ihr kommt die Welt des Göttlichen.

„Die Liebe kennt mich, wo auch immer sie mich treffen mag. Ich bin müde Oh Meister. So halte mich ganz fest an meinem Herzen."

Tuncel Kurtiz

Ach die verdammt Liebe Vera. Je mehr man sie verborgen hält, desto mehr zeigt sich ihr schönes Gesicht. Sie verrät sich sehr schnell. Ich fühle mich sehr alleine in dieser Gesellschaft. Alle Mystiker haben sich sehr alleine gefühlt. Es ist die Höhe, die uns alleine sein lässt. Die niedere Masse wohnt in Höhlen. Auch wenn ich womöglich immer alleine sein muss, ist es besser mit etwas Großem zu scheitern als bei etwas Geringfügigem zu scheitern. Unsere Narben und Wunden sind eine Manifestation des Lebendigen in mir. Ohne sie wäre ich bereits gestorben. Deswegen haben die Menschen große Angst vor Narben und Wunden, und so verstellen sie sich, und setzen eine Maske der Falschheit auf. Liebe ändert sein Gewand nicht. Nein es hat das gleiche Kostüm an bis zum letzten Tag. Der tiefste Fall führt oft zur Liebe. Im Haus der Tränen singen die tiefsinnigsten Lieder ihre Melodien. Und auch du wohnst darin. Im Hause der seligen Tränen. Der Rest ist Schweigen *Oh Geliebte.*

„Das Leben kann als ein unaufhörlicher Kampf zwischen den Reichen und den Armen betrachtet werden. Die einen haben sich in einer Festung mit ehernen Mauern und reichlichen Vorräten verschanzt; die anderen schleichen, laufen und springen um diese Mauern herum, erstürmen oder untergraben sie, und trotz aller Vorwerke, die man errichtet, und ungeachtet der Tore, Gräben und Batterien kommt es nur selten vor, daß die Belagerer, diese Kosaken der sozialen Ordnung, nicht irgendeinen Erfolg verbuchen."

Honore de Balzac

Die Nacht hat ihre Kerze ausgeblasen. Wieso ist die Sonne von uns gegangen? Ja, Liebende laufen stets ihrer Zeit voraus. Schau dir die Narren an Vera. Sie halten sich für Weise. Doch der Weise weiß, dass er ein Narr ist. Unter faulen Äpfeln hat man wenig Wahl. So esse ich nun Feigen. Sie sind zwar feige doch ehrlicher als die faulen Äpfel. Auch wenn stets Winter draußen herrscht, so sollte der Mensch den Frühling in sich selbst wählen. Dieses heilige Geschenk der Natur sollte er stets behüten. Ja, die schönen Menschen bevorzugen den Frühling und finden in der Einsamkeit den schönsten Sommer.

„Ein wahres Gefühl besitzt Augen."

Honore de Balzac

Heute ist ein guter Tag zum Sterben Vera. Ich schaue durch die Rückansicht des Lebens und ziehe die Lehren. Nein, ich mache keinen Schritt rückwärts. Immer vorwärts Läuft das Leben und seine Mysterien. Ich blicke zurück von einer anderen Ansicht als alle anderen. Das Auge welches sieht, kann nicht schlafen. So beobachte ich die Menschen während sie schlafen. Verstehe ihre Gesellschaft nicht. Sie wollen mich umbringen und anlügen. Doch wenn sie mich sehen, gehen sie mir aus dem Weg, aus purer Angst. Unter Treppen flüstern und lästern sie über mich. Sie wissen, dass sie nicht ankommen gegen den Schamanen in mir. Meine Träume sind wahr geworden, dass Leck des Schiffes der Welt habe ich gelegt. Es werden schöne Menschen durch dieses Leck den Weg der Schönheit finden. Dieses Leck wird ihr Schiff untergehen lassen. All ihr Reichtum wird in den Riffen des Ozeans verrotten. Es sind Burgen aus Sand, welches sie sich angehäuft haben. Ein armer Indianer brachte ihre Welt ins Wanken. Siehst du jetzt Vera, warum sie meinen Kopf wollen? Die poetische Sichtweise dem Leben zu begegnen gewinnt immer. Doch wenn man mit den Augen denkt, kann man dies nicht sehen. Dazu braucht es liebende, unschuldige Augen. Die Welt die wir bewohnen Vera wird immer kälter. Nein, sie ist der Eiszeit sehr nahe. Doch die wahrliche Kraft der Existenz ist hinter uns. Sie ist immer da für die Liebenden Wesen.

„Mich kennt der Kampf, mich kennt der Tod, sie sind meine besten Freunde."

Tuncel Kurtiz

Jede Stufe im Leben hat seine eigene Vollendung liebste. Jedes werdende Sein redet zu uns. Zur Liebe gehört Trennung und Abschied. Sonst wäre es keine Liebe. Deswegen können die Reichen und habgierigen Menschen im Geiste nicht zur Liebe finden. Sie verstehen nichts davon. Die Liebenden pflanzen Bäume, obwohl sie wissen, dass sie niemals eines Tages an ihren Schatten sitzen werden. Aber sie wissen um den Sinn des Lebens. Sie denken an die nächsten Generationen. Ja gewiss, Schönheit ist das Siegel, dass der Schöpfer unter seine Werke setzt, wenn er mit ihnen zufrieden ist. Zur Unsterblichkeit führt nur der Weg zur Seele. Dies ist kein Geburtsrecht. Der Tod kann nur das Materielle töten, nicht die Seele. Jede Sekunde des Lebens ist ein andauerndes Staunen über die Wunder des Lebens. Ja, die dummen sind stets am Rennen und die klugen warten. Doch der Liebende läuft durch die Wege des Gartens der Liebe. Die angeblichen modernen Menschen geben Dingen eine Bedeutung, die in Wahrheit gar keine Besitzen. Der Mensch ist kein Zufallsprodukt, er ist Teil der großen Bestimmung. Ihre Welt ist voller Waffen, dies zeigt nur die Schwäche ihres Geistes. Nein, niemals möchte ich von der Seite der Armen weichen, und nie meine Knie vor Macht beugen. Tote Worte sind die Sprache der Mächtigen. In Schweigen salbe ich meine Seele. Die Lügen der Mächtigen können niemals in das Land der Ewigkeit gelangen. Ihr Land wird regiert von der Logik, sie gleicht einem scharfen Messer, welches die schönsten Blumen tötet. An ihren Händen klebt Blut der Lotusblumen.

„Ich möchte keinen Zaubertrank von dir Oh Meister, meine Augen voller Blut. So gebe mir das Gegenmittel für meine Wunde. Wenn es auch Gift ist, so trinke ich von deinen Fingern."

Burak Tuncel

Solange wir zu Liebenden werden, leben wir in dieser Welt. Alles andere ist Selbstmord *Vera*. Wenn die Seele singt, dann lieben die Engel. Der Mensch singt nicht mit den Engeln. Er hat Barrikaden gegen das Göttliche aufgebaut. Das Lesen ohne Denken ist eine Straftat gegen die Existenz. Die religiösen Menschen rezitieren nur. Sie sind gegen Gott und seine Offenbarungen. Sie sind Gläubige und nicht Suchende. Glaubende sind Sklaven. Die Musik des großen Geistes ist für die wahrhaft Suchenden zugänglich. Der große Geist singt im Schweigen. Worte erzählen keine Wahrheit. Im Gewand der Dichtung sind die göttlichsten Lieder verborgen. Im Lärm der Menge geht der Mensch unter. Sein eigenes Schweigen ist ihm unangenehm. In der Wunschlosigkeit ist das Glück zuhause. Ihre Welt besteht nur aus Wünschen und Leidenschaften. Sie prahlen mit ihrem Ansehen, es ist eine falsche Maske, Vera. Sie glaubt nicht wirklich an sich selbst. Die Liebenden dienen dem Leben. Die Menschen bespucken und bewerfen schon immer die Poeten. Die Steine und ihr Speichel werden wieder zu ihnen zurückkehren. Gute Taten bringen dich ans Tor des Göttlichen, die Liebe findet die Tore offen. Die Liebenden lächeln, die grausamen Wesen lachen.

„Das Weibliche ist nicht erschaffen worden, nein sie ist das Erschaffende selbst."

Burak Tuncel

Ich beobachte ihre Welt bei Tage und bei Nacht mein Liebes Vera. All ihre Welt ist von Wissenschaft geprägt. Ja, das Leben sollte stets ein Streben nach Wissen und Wissenschaft sein, so sagt es auch das Buch der Schönheit. Doch, sie wissen nicht, dass Wissenschaft ohne Liebe kein Wissen ist. Darin liegt ihre Gefahr. Wissen ohne Liebe steht im Dienste des Todes und nie des Lebens. Deswegen führt der wissenschaftliche Fortschritt zum globalen Selbstmord. Man kann es beobachten in den Naturkatastrophen und dem Klimawandel. All ihre Technologie ist mechanisch, fern von den Wundern der Liebe. Der Westen und all die Länder die er Erobert sind besessen von Technologie. Ihre Technologie vergewaltigt die Mutter Erde. Die Ressourcen erschöpfen, es bewohnen immer mehr Menschen den Planeten. Das Ende naht. Der Westen liegt auf dem Sterbebett. Er muss sich verantworten für seine Untaten gegen das Leben und alle die diese Kultur angenommen haben und sich unterworfen haben. Alles Menschliche verschwindet und das Unmenschliche gewinnt an Oberhand. Der Mensch wird zur Maschine reduziert. Der schöpferische Künstler wird nicht respektiert, dafür aber die Technologen. Man liebt keine Gedichte mehr, dafür aber Computerköpfe die jeglichen Zugang zu den Quellen des Lebens verloren haben. Der Tänzer der Poesie steht nicht im Mittelpunkt des Lebens sondern der Politiker und seine Imame und Priester. Man kann Gedichte nicht auf dem Kriegsplatz und Marktplatz gebrauchen. Dort braucht man Soldaten, die sich dem Tode gewidmet haben und nur Sklaven der Staaten sind. Dieses ganze Leben dreht sich um die falschen Dinge. Geld ist wichtiger als Liebe. Der Mensch und seine Welt steht auf dem Kopf. Der Mensch liegt im Sterben Vera.

Aber so ist es nicht mit uns. Unsere Lieder•der Liebe werden für immer überleben.

„Das Problem mit der Welt ist, dass die intelligenten Menschen voller Zweifel während die Dummen voller Zuversicht sind."

Charles Bukowski

Die Flüsse werden verschmutzt Vera. Ich spüre es am eigenen Leib. Es tut so weh. Ich bekomme keine Luft. Die Seen sterben, die Natur wird zerstört. Unsere gemeinsame Mutter leidet. Warum ist der Mensch nur so bestialisch? Wieso zerstört er seine eigene Welt? Fragen über Fragen die meine Nächte ganz lange werden lassen. Ich finde keine Antworten Vera. Kannst du mir da weiterhelfen? Es scheint, dass diese schöne Erde in die Hände von falschen Menschen geraten ist. Das Streben nach Macht ob im kleinen oder großen Plan hat die Welt stark beeinflusst. Der Wunsch mächtig zu sein richtet sich gegen die Natur, weil es feindselig ist. Um zu zerstören braucht man Macht. Eroberung braucht Macht. Ihre Nahrung ist dem Ego gewidmet. So schmeckt auch ihr Essen. Verbittert und salzig. Ihr Ehrgeiz bringt Habgier, Gewalttätigkeit, Konkurrenzdenken und einen stätigen Kampf mit sich. So erziehen sie ihre Kinder. Wie grausam nur Vera. Sie geben ihren Kindern Spielzeug mit Waffen um sie für das gewalttätige Leben zu vorbereiten. Der Mächtigste ist, welcher am grausamsten zu seinen Mitwesen ist. Weißt du nun Vera, warum ich die Spielzeugläden meide? Es sind ihre Spielzeuge. Schau dir ihre Städte und Straßen an. Darin ist keine Poesie zu sehen. Menschen, die zur Poesie finden würden, könnten nicht solch grausame Städte errichten. Sie sind wie künstliche Blumen. Ehrgeiz ist gegen die Liebe. Ehrgeiz beruht auf einem Minderwertigkeitskomplex. Er ist ein krankhafter Zustand. Ihre Erziehung ist auf den Säulen des Ehrgeizes befestigt. Deswegen ist ihre Welt erkrankt. Sie verletzten die Wunder des Lebens. Die Geister der Kinder. Sie programmieren sie gegen das Leben zu sein. Ihr ganzes Ausbildungssystem beruht auf Ehrgeiz. Und sie denken dies soll Intelligenz sein? Die Esel lachen über diese Menschen.

Sie verschmutzen den gegenwärtigen Moment und hoffen auf eine gute Zukunft. Dies ist gegen die Symphonie des Lebens. Der nächste Moment wird aus dem Jetzt geboren.

„Jedes Jahr werden die weißen Eindringlinge gieriger, anmaßender, tyrannischer und rücksichtsloser. Armut und Unterdrückung sind unser Schicksal. Wir indianischen Stämme müssen zusammen halten gegen die Habgier und Frechheit der Weißen."

Tecumseh

In allem Konkurrenzgedanken wird die Schönheit des Lebens vernichtet. Wir, die unsere Werke dem Ewigen widmen, wissen dass jeder als Genie geboren wird. Doch die Gesellschaft zerstört die Genies mit ihren Schulen. In Harmonie mit dem Universum zu sein führt zur Erhabenheit. Die Bereitschaft sich selbst zu geben ist das größte Abenteuer dieses Lebens. Wir alle kommen nackt, wir bringen nichts mit. Alles was wir haben ist unser göttliches Selbst. Alles andere gehört dem Leben, nichts gehört uns. Leute, die Geld anhäufen vermeiden in Wirklichkeit sich selbst zu geben. Wer nicht sich selbst gibt, wird dem Abenteuer des Lebens nicht begegnen. Dieses Leben Vera, es ist nur eine Rast für eine Nacht. Niemand gehört hierher. Jeder kommt eines Tages hierhin und muss wieder weiterreisen. Wer bleibt schon hier? Jeder ist nur Gast. Warum dann dieser Geiz? Ist dieses Leben denn nichts anderes als ein schöner Atemzug in einem schönen Garten? Im Moment sind wir hier. So müssen wir die Zeit hier so schön wie möglich gestalten ohne der Mutter Natur weh zu tun, und uns im Geben zu verlieren. Wir müssen die Spuren der Liebenden hinterlassen, damit die Kinder des Regenbogenlandes sie malen können auf ihren schönsten Bildern.

„Heilige Mutter Erde, die Bäume und die ganze Natur sind Zeugen deiner Gedanken und Taten."

Winnebago

Heute male ich ein Bild Vera. Es ist nicht meine Art, ich weiß. Das Mysterium der Liebe redet zu jeder Sekunde seine schönste Sprache. Heute ließ es mich malen. Ich malte einen Pfad der im Niemandsland endete. Ich selbst bin diesen Weg noch nicht gelaufen, aber ich möchte hingehen und nachschauen. Als ich den Weg betrat, verschwand ich in der Ferne, im Unbekannten, zwischen den Bergen und Hügeln und kam nie wieder zurück. So ist die Geschichte meines Bildes. Jeder muss sich selbst auf die Reise machen Vera. Und wenn du anfängst zu laufen, so verlierst du dein Ego. Unterwegs verschwindest du. Du wirst am Ziel ankommen, doch du wirst nicht mehr zurück kommen können um davon zu erzählen. Keiner kommt von dieser schönen Reise zurück, weil dein falsches Selbst verschwindet. Die Grenze des Intellekts und der Sprache verschwinden. Eine neue Kindheit startet. Von der Sprache befreit zu sein, von allen menschlichen Konditionierungen sich lösen, dies wird dir auf diesem Pfad passieren. Stille ist die einzige Antwort auf alle Fragen.

„Gott schuf das Land der Indianer und es war, als breitete er eine große Decke aus. Darauf setzte er die Indianer."

Yakima

In der Mutter Natur kommt der Mensch den Geheimnissen des Lebens immer näher. Das Herz verhärtet fern ab von Mutter Erde. Wer Pflanzen und Tiere nicht achtet, der verachtet die Existenz und Gott. Eine Zivilisation ist entstanden, welches den lebendigen Fluss des Lebens blockiert. Diese Zivilisation nennt man „Moderne Welt". Was ist das Leben? Es ist die Sonne die uns alle wärmt, die Winde die sich paaren. So ist es mit den Menschen auch. Dem weißen Kapitalisten und dem Moslemischen Ramses ist der große Geist gleichgültig. Sie bilden eine Familie, auch wenn sie unterschiedlich aussehen. Sie sind die Onkel Toms unserer Zeit. Ohne Sonne wäre es finster, und nichts könnte wachsen, die Erde wäre ohne Leben. Doch die Sonne braucht die Hilfe der Erde. Das Zusammenspiel von Sonne und Erde versorgt alle Geschöpfe mit Leben. Wieso teilen dann die weißen Menschen und „Gläubigen Ungläubigen" nicht? Sie sind gegen die Sonne und die Erde. Ihre Habgier alles zu verschlingen kommt aus ihrer inneren Leere. Ihre Religiosität und ihr Intellekt mit ihren Universitäten ist nur eine Maske um diese Leere zu verbergen. Ja, der große Geist ist unser Vater aber die Erde ist unsere Mutter. Ihre Eltern sind das Geld. Sie betreiben heidnische Vielgötterei mit dem Materiellen, welches sie anbeten. Die Religion des 21. Jahrhunderts. Ja, die Bäume sprechen. Doch die Masse der Verdammten hört dies nicht. Ihre Aufmerksamkeit ist dem Toten gewidmet. Sie können nicht zuhören, da sie keinen Kontakt zum Herzen besitzen Vera. Ich aber habe eine Menge von den Bäumen gelernt. Mal erzählen sie vom Wetter, mal von den Tieren und mal von der Liebe.

*„Es gibt kein anderes Land für uns. Wir möchte nicht, dass ihr dieses
Land hier kauft. Wenn ihr uns von hier vertreibt, werden wir mutlos in
die Berge ziehen und dort sterben, die Alten, die Frauen und die
Kinder. Dann möge die Regierung froh und stolz sein. Sie kann uns
töten. Wir kämpfen nicht. Wir tun, was die Regierung sagt. Wenn wir
nicht hier leben können, werden wir in die Berge gehen und sterben.
Wir wollen keine andere Heimat haben."*

Cecilio Blacktooth

Ich habe keinen Universitätsabschluss so wie sie es von mir erwarten
Vera. Doch die Geschichte schert sich herzlich wenig um ihre
Diplome. Der weiße Mann hat schon immer den Menschen Angst
eingeimpft. Deshalb ist die Menschheit Gefangene des ärgsten
Feindes, den ein Mensch haben kann, der eigenen Furcht. Ich weiß,
dass die Menschen Angst davor haben die Wahrheit zu hören. Sie
sind mit Angst und Lügen großgezogen worden. Wenn die Menschen
die Sinnlosigkeit von Worten nicht spüren können, beweist das, dass
sie noch gar nicht gelebt haben, nur an der Oberfläche der Dinge. Erst
wenn etwas geschieht, das sich nicht in Worte fassen lässt, erst dann
hat sich das Leben zur Erscheinung gezeigt. Früher sah die Welt
anders aus. Da gab es nicht so viele Sinnesreize. Heute strömen sie
auf uns zu und verschlingen unseren Geist und Körper.

„Wir streiten nie wegen der Religion, weil es eine Sache ist, die nur jedermann selbst und den großen Geist angeht. Wenn ein Mensch seine Religion ständig auf seiner Zunge trägt, ist er ein Betrüger."

Sagoye

Weißt du Vera? Manchmal begegnet man einem alten Menschen, der in seinem Alter schöner ist, als er als junger Mensch war. Vor einem solchen Menschen sollte man sich verneigen denke ich mir dann. Er hat ein wahres Leben geführt. Man kann es an seinen lieben Augen sehen. Denn wenn du echt und wahr lebst, wirst du immer schöner. Du strahlst Würde und Anmut aus, in deiner Umgebung spürt man den Hauch des Unbekannten. Es muss so sein Vera, denn das Leben ist eine stätige Evolution. Leider sitzt der Menschensohn im falschen Bus. Dieser Wagen führt ins Nirgendwo. Wenn man Achtsam wäre könnte man dies bemerken. Das Göttliche ist unsere Natur Vera. Doch wir möchten es im Außen suchen. Es ist ein Fliehen vor sich selbst. Wieso akzeptieren Menschen ihren eigenen Sklavenhalter so sehr? Wieso ist Freiheit nur ein Lippengeständnis? Nur glückliche Menschen können sich lösen von ihrem Sklavenhalter. In der Liebe gibt es keinen Sklaven, nur erhabene Könige. Es ist das gegenseitig Teilen aus Liebe, welches Herzen schneller schlagen lässt. Die Menschen versuchen ständig andere zu beherrschen und zu ändern. Es ist ein Ausdruck ihrer inneren Leere. Doch niemand möchte sich selbst verändern. Ist dies nicht ein Wiederspruch Vera? Freiheit muss für sie eine Mahlzeit der Bitterkeit sein. Du kannst es an einem schönen Menschen sehen, der frei ist. Es ist die weibliche Kraft die ihn ausmacht. Voller Stärke und Zartheit zugleich. Zerbrechlich zu sein wie eine Blume und doch sich dem Sturm stellen können. So offen, verletzlich, weiblich.

„Wir haben euch weiße Männer nicht gebeten, hierherzukommen. Der große Geist hat uns dieses Land als Heimat gegeben. Ihr hattet eure Heimat. Wir haben euch nicht gestört. Wir brauchen eure Zivilisationen nicht. Wir wollen leben, wie unsere Väter lebten und wie deren Väter vor ihnen gelebt haben."

Crazy Horse

Solange die Menschen, die Welt nicht mit poetischen, sensiblen Augen sehen, werden wir uns nur im Elend weiter wälzen. Die alten Augen sind nicht unsere. Sie wurden uns von einer kriminellen Gesellschaft gegeben, damit wir blind werden. Nichts mehr verspüren, und dem großen Geheimnis des Lebens nicht trauen sollen. Empfindsame Augen sind wie Blumen, offen für die Existenz. Mit der Verwandlung des Seins werden neue Augen folgen. Auch wenn man gegen eine Vielzahl von Feinden kämpft, kann man mit diesen liebenden Augen nicht bezwungen werden. Diese Erde, der feste Boden soll mein Zeuge sein. Hast du schon mal die Babys beobachtet *Vera*? Alle Kinder sind schön, so aber nicht mit den Erwachsenen. Es muss also mit den Erwachsenen etwas schief gelaufen sein. Die Leute nennen mich einen Philosophen, doch so ist es nicht in Wahrheit. Sie verstehen einfach nicht. Ich bin ein Arzt, der die inneren Augen des Menschen behandeln möchte. Ein freier Mensch ist jemand der wenig Bedürfnisse hat. Er kann arm aber zufrieden sein. Doch man trifft keine reichen Menschen die Zufrieden sind. Manchmal trifft man einen Bettler der ein zufriedenes Gesicht hat, aber niemals einen Millionär. Im alten China galt ein Mensch der Gedichte verfasste, als ein intelligenter Mann. Heute erleben wir das Gegenteil. Die Gesellschaft basiert auf den Grundregeln der Maschinen und der Mathematik. Somit sind die Dichter Fremde. Es ist gegen die herrschende Norm. Früher oder später wird sich das ändern. Meine Werke sind ein Beitrag dazu. Es hängt von den Bedürfnissen der Gesellschaft ab. Niemand kann die Seele eines Dichters entlarven.

Er wohnt im höchsten Himmel. Die Leiter der Masse ist zu kurz um empor zu steigen.

„Der weiße gehorcht den großen Geist nicht, das ist der Grund, weshalb die Indianer nie mit ihm übereinstimmen können. Der Sommer kommt, damit die Blumen blühen, und der Winter, damit sie schlafen könne. Deshalb wechseln die Jahreszeiten. Alles hat seinen guten Sinn und nichts geschieht umsonst."

Flying Hawk

Liebste Vera. Wieso denken Eltern, dass Kinder ihnen gehören würden? Sie sehen sie als ihr Besitz an. Dies ist gegen das Leben. Sie liegen so falsch. Sie verhelfen dem Kind zur Geburt, aber sie kennen ihre Seelen nicht. Ich verließ damals das Haus meiner Eltern und kam als eine andere Person zurück. Die alte Person verschwand. Sie ist nicht mehr. Als Unbewusstheit ging ich fort. Als Liebe kam ich zurück. Diese Erkenntnis können nur mutige Menschen machen, die den Mut haben ihre eigene Herde und Tradition zu verlassen. Es ist ein chaotischer Zustand der einen draußen im Winter erwartet. Deswegen haben die meisten Menschen Angst davor. Im Konformismus lebt es sich leichter. Ein Glaubender zu sein. So verschwendet man sein Leben. Das Gebet erreicht niemanden, solange man nicht auf dem Pferd der Freude und des Unbekannten reitet. Die Existenz versteht kein Deutsch. Sie versteht nur die Sprachen der Blumen und Bäume. Die Natur versteht die wahrhaften Töne die aus dem Herzen kommen, es versteht keine intellektuelle Sprache Vera.

„Um die Erfinder von neuen Werthen dreht sich die Welt. Unsichtbar dreht sie sich. Doch um die Schauspieler dreht sich das Volk und der Ruhm. So ist es der Welt Lauf."

Also Sprach Zarathustra

Liebe Vera, du bist die einzige die mich sieht. Tief von innen. Du siehst einfach die Menschen. Ich finde dies wunderschön. Wir sind Menschen, da sollte es doch um die Seele gehen. Nicht Logik bringt einen weiter, sondern das höchste Gesetz, die Liebe. Die Gesetze, die auf Logik beruhen sind die niedrigsten. Doch die Stadt, die ich bewohne ist auf dem Prinzip der Logik bestimmt, deswegen sieht man hier keine liebenden, reinen Augen. Du siehst in mir, dass ich zu einem anderen Ufer gehöre, dass ich hier ein Fremder bin. Du bist eine richtige Frau Vera, nicht so wie die anderen Pseudo Frauen. Du kennst nur die Sprache der Liebe, die äußere Welt ist dir egal. Deine Liebe sieht mich. Doch, ich muss gehen von dieser Stadt. Es gibt keinen anderen Weg. Lang genug habe ich gewartet und den Menschen hier Gelegenheit gegeben. Jetzt muss ich gehen. Die Menschen hier sind zu abhängig um sich der Liebe zu widmen. Niemand widmet sich dem Forschen und Suchen. Das Studium des Selbst Erkennens wird nicht an ihren Schulen angeboten. Es ist nicht die Nahrung die uns am Leben hält, sondern die Liebe. Alles beruht auf Preisen da draußen. Überall wo es Preise gibt, können keine schönen Werte entstehen. Preise gibt es für tote Sachen. Das Leben in all seiner Fülle erkennt tote Dinge nicht an. Was ist denn die Ehe? Es ist eine dauerhafte Einrichtung der Prostitution. Sobald die Liebe zu einer Ware wird stirbt sie. Die Menschen versuchen sogar Gott zu kaufen. Wie groß ist nur ihre Blindheit?

„Die Menschen sind nur wandelnde Leichen mit Bettelschalen, auf der Suche nach Liebe, nach Wärme, nach Zärtlichkeit. Aber sie werden es nicht finden, denn sie haben eine stupide Gesellschaft geschaffen, sie haben eine irrsinnige Welt geschaffen."

Osho

Vera, es wird im Leben der Menschen keine Blumen geben, solange sie dem Käuflichen folgen. Leute verkaufen ihr Leben an Autoritäten. Diese Menschen mögen atmen. Doch bloß zu atmen bedeutet nicht, dass man noch am Leben teilnimmt. Menschen, die nach Macht und Ruhm streben haben keine Seele. Ihr Leben ist amerikanisch. Unecht. Sie sind mechanisch, sie sind wie Roboter. Ich antworte diesen Menschen nicht und verweigere das Gespräch mit ihnen. Stattdessen weine ich um sie. Tränen treten in mir auf wenn ich an sie denke. Ihr Leben ist nicht echt. Sie verleugnen das Herz, das Göttliche. Sie demonstrieren Wissen und Stärke, und doch sind sie die Schwächsten. Man beachte Vera, nur eine Frau kann über die Liebe fragen und forschen. Männer wollen zu Gott werden. Das sind Machttrips. Als erstes schaue ich einem Menschen stets ins Herz. Um zu sehen ob sich da etwas regt. Ob ihr Streben nach Liebe ist oder nicht. Die Liebe ist Krönung und Kreuzigung zugleich. Dies kann die Masse nicht verstehen. Das Festhalten an weltliche Dinge scheint ein Gebet für die Masse zu sein. Sie beten obwohl sie es nicht sehen. Ja, ich schreibe mit meinem Blut, mein Leben hängt daran. Es ist die Sehnsucht der Bäume, die mich schreiben lässt. Es ist schwer in einer Gesellschaft zu leben, die Jahrtausende zurück lebt. Die modernen Städte sollen dein Bild nicht trügen Vera. Es ist ihr Geist, der im Haus von Gestern lebt. Die Liebe ist zu einem Bettler geworden in ihrer Welt. Die Menschen sind stets am Betteln obwohl sie gesättigt sind. Zu lieben kostet gar nichts. Doch ihre Welt funktioniert nicht nach dem ökonomischen Gesetz der Liebe. Wenn man Besitzt stirbt es.

Sie sind alle Mörder. Das Leben gedeiht nur in Freiheit. Sie alle wollen Dinge und Menschen besitzen, sie sind Mörder des Lebendigen.

„Diese Welt ist schön mit dir, Geh nicht Oh Geliebte ohne mich in andere Welten."

Rumi

Die Seele braucht Nahrung Vera. Liebe ist die eigentliche Nahrung. Ohne sie verkümmert sie. Deswegen all das Leid da draußen, wenn man das Fenster hinausschaut. Deine Liebe hat mich geschwängert Vera. Das Kind der Liebe habe ich geboren. Nein, ich glaube nicht an Gott, weil deine Liebe mich zu einem Gott gemacht hat. Jeder besitzt dieses Potenzial in sich. Zum Liebenden zu werden nenne ich dies. Meine Werke sind eine Schule der Mystik. So sollte man es verstehen. Die tote Logik kann man an ihren Schulen erlernen. In bin gegen alle Religionen, da ein religiöser Mensch zu keiner Religion gehört. Ich glaube nicht an Länder oder Nationen. Es ist niemand ein Ausländer. Wir sind alle ein Teil der gleichen Existenz, des gleichen Universums. Wer ist hier ein Ausländer? Es sind die Menschen, die spalten, in der Dualität leben. Sie sind die wahren Ausländer, die Götzendiener. Der Gedanke an dich Vera ist mein höchstes Gebet. Mit dir im Herzen möchte und werde ich eines Tages sterben. Es ist der schönste Tod. Welch ein Segen, dies erleben zu dürfen eines Tages. Du bist mein großes Geheimnis in diesem Leben Vera. Niemand hat darin Zutritt, hörst du.

„Was geht mich Markt und Pöbel und Pöbel-Lärm und lange Pöbelohren an. Ihr höheren Menschen, dies lernt von mir. Auf dem Markt glaubt niemand an höhere Menschen. Und wollt ihr dort reden, wohlan. Der Pöbel aber blinzelt, wir sind alle gleich. Vor dem Pöbel aber wollen wir nicht gleich sein. Ihr höheren Menschen, geht weg vom Markt. Vor Gott! Nun aber starb dieser Gott. Ihr höheren Menschen, dieser Gott war eure größte Gefahr."

Friedrich Nietzsche, Also Sprach Zarathustra

Menschen wird der Raum gestohlen, wo sie sich entfalten können. Umso mehr die Bevölkerung wächst, umso mehr wird es Selbstmorde und Chaos geben. Die schönste Kunst ist die Liebe in dieser Sphäre. Das ewige Leben fließt durch all die Wunder der Natur. Wir kamen schon viele Male davor auf diese Welt. Wir haben hinter uns die Ewigkeit und so haben wir sie auch vor uns Vera. Keine Gesellschaft der Welt hat bisher den Kindern Respekt erwiesen. Auf Friedhöfen bekommen die meisten so viele Blumen, doch während des Lebens habe ich niemals eine Blume geschenkt bekommen. Ich möchte keine Blumen haben auf meinem Grab. Dies wäre heuchelnd. Der Tod wird verehrt und das Leben verachtet. Das Geburtsrecht jedes Kind ist es nicht Konditioniert zu werden. Dies ist eine barbarische Straftat, doch wird gefördert von der Gesellschaft. Das ursprüngliche Gesicht wird getötet. Jeglicher Ismus ist eine Form von Knechtschaft. Die Seele liegt in unsichtbaren Ketten. Alle Eltern sind dafür verantwortlich. Die Vergangenheit der Menschheit ist ihr Erbe. Deswegen kritisiere ich sie. Weißt du Vera, warum keine schönen Wesen mehr unter uns sind? Die Liebenden. Weil die heutige Welt sie als Fremdlinge ansieht. Die Welt hat vergessen wie es sich anfühlte als noch tausende von Erleuchtete es hier gab. Damals waren die Menschen voller Dankbarkeit. Heute ignorieren sie uns. All der Ehrgeiz vergiftet die Menschen. Jeder jagt nach Reichtum im Äußeren. Doch die Superreichen sind die Ärmsten auf der Welt.

Sie haben ihre Seele verloren. In ihrem Inneren herrscht Dunkelheit. Nichts ist frustrierender als Erfolg Vera. Diese Menschen können nicht vom Herzen lächeln. Es wird der Tag kommen, ganz gewiss wo die Menschen das Scheitern ihrer Erziehungssysteme sehen werden. Doch, dann wird alles Schöne bereits zerstört sein. Es wird trocken sein und die Konkurrenz hat bereits die Herzen zu Stein gemacht haben. Wenn die Menschen jegliches Besitzdenken loslassen könnten, würde eine schöne Welt entstehen. Doch dies scheint heute ausgeschlossen zu sein.

„Warum lässt die Existenz mich so arm sein? Erst jetzt, da der Dieb mir begegnete, fühlte ich meine Armut. Könnte ich ihm diesen schönen Mond geben, ich hätte auch ihn gegeben."

Haiku, Meister Ryokan

Liebe Vera, das heute genügt sich selbst, und das Morgen wird für sich selbst sorgen. Dies bedeutet Vertrauen in das Leben. Ein wahrhaft religiöser Mensch betet nicht, er vertraut in die Existenz. Beten ist etwas für Heuchler, ein schwacher Ersatz. Das wahre Geben vertraut dem Ganzen. Wer „eins" mit der Existenz geworden ist redet mit den Augen Gottes. Diese Wesen sind die höchsten Gipfel der Bewusstheit, Schönheit und Liebe. Jeder Mensch hat das Potential zu den Augen Gottes zu werden. Nur wer alles gibt kann wirklich sehen. Das Leben kennt keinen Stillstand. Ein Liebender ist stetig am Geben, denn wenn er es nicht täte, würde er zugrunde gehen. Und man schuldet ihm auch keinen Dank. Die Augenblicke des Gebens sind die schönsten Vera. Wir sind nur Werkzeuge dieses Lebens. Nur Zeugen, warum sollten wir dann nicht uns selbst geben? Alles andere ist doch Verrat am Leben. Für solch Worte wollen sie mich kreuzigen Vera. Doch es ist besser für die Wahrheit zu sterben, als zu leben und mit Lügen Kompromisse zu schließen. Wenn man in eine Kultur hineingeboren wird, wo lebende Tiere getötet werden, um sie zu essen. Dort hat man zweifellos keine Hochachtung vor dem Leben. Vom Göttlichen kann keine Gewalttätigkeit kommen. Wo liegt der Unterschied zwischen einem Kannibalen und einem Fleischfresser? Das Herz wird hart, wenn man Fleisch isst. Menschen, die Fleisch essen können nicht zur Liebe aufsteigen.

„Da die Kirche die Liebe nicht unterdrücken konnte, hat sie sie zumindest desinfizieren wollen, und darum die Ehe geschaffen."

Charles Baudelaire

Sie nennen mich einen Gotteslästerer und Verderber der Sitten liebste Vera. Dies soll meine Schuld sein. Deswegen möchte niemand meine Bücher und Werke verlegen. Sie haben solch große Angst vor der Lyrik. Nur Literatur, welche ihre Blindheit bestätigt, wird unterstützt. Die meisten Schriftsteller sind nur Sklaven der Mächtigen. Sie verkaufen ihren Stift und ihre Seele nur für ihren kleinen Magen. Dieses Leben wird eines Tages vergehen, doch ihre Heuchelei wird für immer bleiben. Ist es denn Wert so niedrig zu fallen, wie sie es tun? Sie sind wie Würmer am Boden. Ich möchte mit meinen Werken die Menschen daran belehren ihre Kindheit wieder zurück zu erkämpfen. Dort ist das Genie versteckt. Sie töten das Genie im Kind um sie dann zu Krüppel zu machen. Wenn ich es schreibe, dann nennen sie mich einen Fremden oder ignorieren mich. Die Wahrheit kann man nicht ignorieren, ob früher oder später wird es sie in ihrem Leben wieder einholen. Der lebendigste Beweis für meine Unsterblichkeit ist die lyrische Dichtung. Sie kann man nicht töten. Diese Gedichte lassen Augen voller Tränen überquellen, so sind sie Zeugen einer verirrten Melancholie. Die Poesie ist das Streben nach einer höheren Schönheit. So ist meine Schuld sich dem Höheren zu widmen. Sie widmen sich dem Toten, daher ihr Hass auf mich. Trotz allem empfinde ich keinen Hass. Es wäre gegen den Pfad der Liebe. Ich bin nur Licht in der Dunkelheit ihrer Nacht. Wir dürfen keinen Groll in uns tragen. Wir schreiben das Wort in aller Härte, weil wir traurig sind um den Menschen willen. Um ihren niederen Zustand.

„Was für unsere begrenzte Vernunft Magie ist, ist die Logik des Unendlichen.“

Sri Aurobindo

Das Volk ist für die Peitsche bestimmt. Sie macht alles um ihren Herren zu gefallen. Eine Art gesunde Krankheit die normal ist. Wenn ich ihre Zeitungen anfasse bekomme ich Krämpfe voller Ekel. Wenn ich ihren Moralisten zuhöre kommt mir das Kotzen. Bei ihnen kommt keine Poesie vor. Deswegen verkümmert ihre Welt, obwohl sie genug zu essen haben. Sie sehen nur die Materie. Sind sie nicht sehr arm Vera? Sie verachten die Gabe zu Empfinden. Das Empfindungsvermögen eines Menschen ist eigentlich das Genie in ihnen. In der Dämmerung wird das Genie geboren. Im Untergang. Die Empfindsamen beten nicht die Autorität an. Alles Schöne ist ein Kind der Vernunft. Ihre Welt wird bestimmt vom technischen Verstand. In der Mechanik sind sie zuhause.

„Gott wird Gestalt annehmen, während die weisen Männer reden und schlafen."

Sri Aurobindo

Schlaflos sind die Nächte und voller Sehnsucht. Ich bin ein Fremder in fremden Ländern. Meine Lieblinge sind die Tiere, sie singen die Lieder der Wälder. Mein Kopf schmerzt, ich muss zu mir finden. Es ist wie eingesperrt zu sein in dieser Gesellschaft. Es ist wie ein falsches Spiel, welches hier gespielt wird. Manchmal schäme ich mich, da ich nicht der Masse angehöre. Es wäre doch ein viel einfacheres Leben, denke ich mir dann. Erst nach meinem Tod wird man mich entdecken und verstehen, wenn die Natur die Städte dieser Gesellschaft zerstört. Jeder weiß von meinen Neurosen, ich verpeste die Welt. Wenn sie mich sehen, lächeln sie falsch und ignorieren den Dichter in mir. Dieses Leben lässt weiche Herzen zu Stein machen. So gerne wäre ich manchmal zu Stein geworden. Doch es ist doch der Sinn des Lebens seine Feinfühligkeit zu bewahren. Dies ist der größte Kampf. Die meisten Menschen verlieren ihre kindliche Schönheit und machen diese Welt zu einer Hölle. Als ob man sich an Hartem erfreuen könnte? Es ist besser alleine zu sein und mich selbst zu töten als von ihnen umgebracht zu werden. Ich bin kein schlauer Mensch. Deswegen komme ich nicht voran. Es ist besser alleine zu bleiben. Es ist kalt, ich friere. Doch habe ich Angst vor die Tür zu gehen. Ich weiß nicht wie man lebt in ihrer kalten Welt. Dort braucht man teuflische Intelligenz. Dies besitze ich leider nicht. Deswegen mein Untergang.

Sie fliehen vor der Feinfühligkeit in mir, sie verstehen diese Sprache nicht. An welcher Ecke soll ich mich verstecken? Menschen starren mich an als ob ich von einem anderen Planeten stamme. Es muss die prophetische Botschaft sein, sie wollen mich mit ihren düsteren Blicken töten. Ich bin nur ein Spiegel ihres Selbst. Ich zeige ihnen nur den Schmutz in ihnen.

„Das Ziel des Yoga ist es, das Bewusstsein dem Göttlichen gegenüber zu öffnen und immer mehr im inneren Bewusstsein zu leben, während man aus ihm heraus auf das äußere Leben einwirkt."

Sri Aurobindo

Ich warte auf die Liebe am Wegrand Vera. Autos passieren die Straße, doch sehe ich die Lieblosigkeit der Menschen wie sie fahren. Die Autobahnen sind nur ein Spiegel ihres Innenlebens. Schnell, rücksichtslos und ohne Feingefühl fahren sie. So leben sie auch. Sie möchten mich mitnehmen in ihre Hölle wo sie hinwollen. Ich negiere und warte auf die Liebe, auch wenn es Ewigkeiten dauern wird. Sie kommen mit ihren Gesetzen und Geboten um mich fest zu binden, doch gehe ich ihnen stets aus dem Weg, denn ich warte nur auf die Liebe, um mich endlich in seine Hände zu geben. Sie tadeln mich und spucken auf mich. Sie werden in ihrem eigenen Speichel zu Grunde gehen. Sie leben für den Markttag, die Liebe lebt jedoch für das Schöne. Ich war eingeladen zum Fest dieser Welt, daher war mein Leben gesegnet. Meine Augen haben gesehen und meine Ohren haben gehört, die Masse ist taub und blind. Das Instrument der Liebe zu spielen ist nur den aufgeweckten Personen gestattet meine Vera. Ich hasse Abschiede und Trennungen wie die Pest. Die Geliebten Menschen sollen nie von einem gehen. Wenn sie doch eines Tages wieder gehen, warum kommen sie dann und treten in unser Leben? Sie sehen doch wie sehr ich leide. Ich halte es nicht mehr aus wenn sie in der Stunde der Trennung in der Ferne immer kleiner werden und ich wieder alleine zurück bleibe. Es reißt das Herz in tausend Stücke. Diejenigen, die nicht kommen sind meistens die ich am meisten begehre. Wenn die Geliebten sterben würden, könnte man sagen, sie sind tot. Doch wenn sie am Leben sind und irgendwo da draußen rumspringen und atmen, dann tut das höllisch weh. Weißt du Vera? Du hörst mir immer so schön zu. Du verstehst mich.

Die Zimmer meines Herzens sind sehr groß, doch fehlen die Menschen, die darin wohnen wollen. Die Besucher meiner Zimmer sind nur an der äußeren Fassade interessiert. Sie wollen nicht in meinen schönen Räumen wohnen. Es ist die Tiefe, die ihnen Angst macht. Liebe genügt ihnen nicht, sie möchten das künstliche Leben. Laute Gedanken lassen mich zugrunde gehen. Ich denke über die Sorgen der Menschheit doch sie scheren sich einen Dreck um dies. Solange sie ihr Vergnügen haben, geht es ihnen gut. Es ist doch ihr leeres Vergnügen, welches uns zugrunde gehen lässt.

„Warum hat sich Jesus nicht das Amerika des 20. Jahrhunderts ausgesucht, um auf die Erde zu kommen? Amerika? Das wäre unmöglich gewesen. Erstens, wo findet man hier eine Jungfrau? Und zweitens, wo findet man drei weise Männer?"

Osho

Der Mensch muss zu einem Gott werden Vera. Dann wird es Erfüllung und Frieden geben. Ich schaue zum Fenster hinaus und sehe dass die Menschen in dieser Ordnung wie sie draußen herrscht, nicht zu einem Gott werden können. Die religiösen und wirtschaftlichen Gesellschaften schneiden direkt die Wurzel zur Liebe ab. Sie reißen den Geist der Menschen in tausend Stücke. Einen unsichtbaren Mord üben sie an unseren Kindern. Das Leben gehört den liebenden Wesen, nicht ihnen. Wahrhaft liebende hegen keinen Groll gegen das Leben. Sie wehren sich gegen all die Menschen und Strukturen die ihnen die Freiheit berauben, aber haben keinen Hass in sich. Es wäre gegen den Pfad der Liebe. Die Menschen haben Schirme erfunden um sich vor dem Regen zu schützen. Niemand möchte im Regen tanzen und zu einem Liebenden werden. Millionen von Menschen haben nicht die geringste Ahnung was Liebe bedeutet. Was ist das innerste Geheimnis des Lebens Vera? Dass, das Leben niemals stirbt. Nur die Formen verändern sich. Alte Blätter fallen ab, neue Blätter folgen. Die Menschen sollen auf die Dichter hören liebste Vera. Sage es ihnen bitte nach meinem Tod. Die Dichter und Maler erschaffen wahre Schönheit. Sie machen das Leben besser. Die Menschen sollen nicht auf diejenigen hören, die Lebensfeindlich eingestellt sind. Sie sollen sie nicht verehren. Jene, die In Konkurrenz und Wettbewerb leben sind lebensfeindlich eingestellt, da sie der Gewalt horchen.

„Wie kann man zu Menschen, die schlafen, über Gott sprechen? Sie werden schlafen, während sie zuhören."

Buddha

Ich bekomme keine Luft Vera. Sie haben mich in ihr Gefängnis gesteckt. Meine Schuld war, dass ich ihren tiefen Schlaf den Menschen zeigte. Eigentlich ist es die Gesellschaft, die mich in dieses schwarze Loch gebracht hat. Sie stört es wenn ich von ihrem tiefen Schlaf rede. Sie denken, dass sie wach sind, nur weil sie leben. Die Menschen funktionieren wie Maschinen. Dies ist meine These. Sie sind nicht zu Menschen geworden. Wir liebenden Indianer sind unschuldige Dörfler die mit dem Leben in Kontakt treten. Die Professoren und Gelehrten an den Universitäten sind nichts als Papageien. Sie sind heilige Kuhscheiße, voller absolut bedeutungslosem Getöse, nur Verstand und kein Bewusstsein. Die Großstädte sind voller Gewalt, die Schwingungen dieser Gewalt töten das Schöne in uns. Ich bin die Rebellion der Liebenden, Vera. Ich lasse mich nicht von diesen Trotteln leiten. Bin doch kein Schaf, der seinem Hirten gehorsam ist. All ihre Religionen möchten Schafe, die den Priestern und Imamen folgen. Dies ist nicht wahre Religiosität. Die akademische Welt versucht mich zu ignorieren, als wäre ich nicht da. Doch lange noch werde ich ihr größter Alptraum bleiben. Den Mord an den Kindern kann ich nicht dulden. Sie bringen die Schönheit im Leben um. Die Gesellschaft möchte glauben, dass er am Gipfel ist. Doch, ich sage, dass sie im Verfluchten Tal wohnen. Sie sind Narren, die schlafen. Nur die Liebenden sind wach.

„Wie glücklich er ist. Denn er sieht, dass Wachheit Leben ist. Wie glücklich er ist, denn er folgt dem Pfad der Erwachten. Mit großer Beharrlichkeit meditiert er und sucht Freiheit und Glück."

Buddha

Menschen schauen mich komisch an Vera. Als würde ich vom Mars kommen. Sie spüren da eine Fremdheit, es macht ihnen Angst. Die Liebenden haben zu allen Zeiten der Menschheit den Menschen Angst gemacht. Sie kommen von höheren Gipfeln. Ich bin nicht mehr ich selbst. Verrückt wurde der Vogel meiner Seele. Wer immer mir Nahe kommt empfängt meine Liebe. Den meisten macht es Angst und sie laufen wieder davon. Lieber möchten sie Sklaven sein. Sie haben Angst vor der Freiheit. Doch was auch immer geschieht, es erhält meine Liebe. Ich berührte gestern einen Felsen Vera. Es war als ob ich den Körper eines geliebten Menschen berühren würde. Ich schaute einen Baum an, und es war als ob ich dein schönes Gesicht sah. Liebe ist ein Zustand meines Seins geworden. Ich bin nicht mehr verliebt, ich wurde zur Liebe. Ich bin Liebe. All die Liebe die, die Menschen ausleben ist falsch und künstlich. Sie verlieben sich und dies ist ein Mangel an Liebe. Sie wollen besitzen und besitzen lassen in ihren Beziehungen. Wie kann man den Menschen besitzen? Den Geliebten zu besitzen ist keine Liebe. Der andere wird dabei getötet. Man schneidet eine Blume an der Wurzel ab mit diesem Verhalten. Solange Liebe nicht Freiheit schenkt, ist sie eine Fessel und der Mensch sitzt im Gefängnis.

„Eure Kirchen, eure Moscheen, sie alle haben Sünden gegen euch begangen, weil sie besitzorientierend sind, weil sie dominierend sind. Jede Kirche und Moschee ist gegen die Religion und Gott, denn Religion bedeutet Freiheit."

Osho, Bewusstsein

Der Verstand bewegt sich in der Zeit Vera. Die ganze Welt bewegt sich, die Existenz bewegt sich bis in alle Ewigkeit. Das Leben bewegt sich in die Tiefe und Höhe, während der Verstand sich rückwärts bewegt. Das Leben hat seine eigenen geheimnisvollen Pläne, es ist weiser als die Menschen und ihr mechanischer, künstlicher Verstand. Ich bin nur noch ein armer Bettler und laufe auf den Straßen herum. Die Armut ist mein Gewand. Die Augen müde, so müde, dass sie nicht mehr weinen können. Zu schwer ist das Leid, welches die Gesellschaft den Liebenden Wesen antut. Schämen sie sich denn nicht? Die Lehrer redeten immer von den Dichtern. Sie sind so verlogen. Nun bin ich zu einem großen dichterischen Liebenden geworden. Warum haben sie mich dann gekreuzigt? Sie sind Heuchler. Ich bin die Verkörperung Jesu im 21. Jahrhundert. Ich bin Nietzsche, ich bin Sokrates. Sie feiern Weihnachten und kreuzigen uns. Sie sind falsche Blutshunde. Sie sitzen an gedeckten Tischen während wir Liebenden, die das Leben voran bringen in der Kälte der Nacht erfrieren. Ich habe ihren geheuchelten Intellekt mit all ihren Schulen und Universitäten dechiffriert. Sie bringen die Propheten und Dichter bei lebendigem Leibe um und vergötzen sie nachdem sie gestorben sind. Dies ist das schlimmste Spiel welches es je gab. Sie verherrlichen die Menschen welche unsere Welt verpesten. Ihre Schulen fördern diesen Mord am Leben und des Schönen. Doch werde ich nicht durch ihre Kreuzigung sterben. Nein, ganz gewiss. Es ist die Liebe, die mich kreuzigen wird. In ihre blutigen Hände werde ich mich nicht ergeben Vera. In deinen Armen zu sterben wäre das schönste Vera. Doch ich bin gefangen, mein Urteil ist gefällt.

So sei nicht traurig Liebste. Es ist der moderne Mensch mit seinen wirtschaftlichen Göttern der mich umbringen wird. Erzähle es bitte den nächsten Generationen, wer sie waren und wie verflucht sie sind. Ihre Götter sind die Kreditkarten und Euros. Diese Masse wird bald für immer vergessen sein, doch unsere Liebeslieder Vera werden von den Kindern des Regenbogenlandes bis in alle Ewigkeit gesungen werden.

„Jeder scheint weise zu sein, außer mir. Jeder scheint klug zu sein, außer mir. Nur bin ich ein Narr. Jeder scheint so klar zu denken, nur ich bin verwirrt."

Lao-Tse

Früher habe ich nie Bücher gelesen Vera. Dann fing ich an und verschlang regelrecht Bücher. Manchmal denke ich, hätte ich doch nie angefangen zu lesen. Womöglich hätte ich ein leichteres Leben gehabt. Jedes Wissen ist Selbstwissen. Lesen ist nur schön, wenn es eine radikale Transformation in einem hervorruft. Die Intellektuellen und Religiösen Menschen können nicht lesen. Sie häufen nur Wissen an um es für ihr Ego auf dem Marktplatz zu nutzen. Es regt sich nichts in ihrem Geist. Sie sind Betrüger der liebenden Bücher. Die Bücher werden sich an ihnen rächen. Ich las sehr viele schöne Bücher, doch deine Augen waren für mich die schönsten Werke der Existenz. Als ich in deinen Augen las, war all die Erkenntnis da, nach der ich mein Leben lang suchte. Sie führten mich zum Pfad der Liebe. Alles im Leben passiert von Innen. Unser Körper, der Geist, die Seele. Alles ist im Inneren des Menschen. Wieso haben dann die Menschen eine Kultur erschaffen, die Befriedigung im Außen sucht? So kann es keine Schönheit geben. Die Menschen sind stets in Eile, während die Dialektik des Lebens ewig warten kann und geduldig ist. Ihre erschaffene künstliche Welt ist eine Illusion. Es ist wie ein Traum. Sie sind unbewusst, wie Betrunkene. Die Liebenden dieser Welt haben stets ein Lächeln in den Augen. Ihr Lächeln ist wie das Brüllen eines Löwen. Darum verstehen die gewöhnlichen Menschen nicht die großen Geister der Geschichte. Weil sie es auf ihre niedere Art und Weise aufnehmen. Sie wohnen im Keller mit ihrer Seele. Die Harmonie der Gegensätze ist das Geheimnis des Lebens. Sie bilden eine Familie *Vera.*

„Mein grösstes Erlebniss war eine Genesung. Wagner gehört bloss zu meinen Krankheiten."

Friedrich Nietzsche, Der Fall Wagner

Die Menschen reden Vera. Sie reden so viel, als wären sie die größten Wissenden des Lebens. Wenn die Masse redet, wird es ganz still um mich. Ich bin ein Narr in ihrer Welt. Die Mehrheit lacht über mich, hinter verschlossenen Türen. Sie haben Angst vor mir zu reden. Ihr Auslachen ist der Beweist für den schönen Weg, den ich beschreite. Nur wenn die Mehrheit lacht, sagst du etwas Wahres Vera. Nur wenn die Mehrheit denkt, dass du ein Verrückter bist, besteht die Möglichkeit, dass du ein Weiser bist. Aristoteles hat die Schulen und Universitäten mit seiner Logik übernommen. Wir Liebenden gehen den Weg des Heraklit. Wir glauben und wissen vom großen Geheimnis des Lebens. Das Leben klopft nicht an die Türe an ihren Schulen. Die Menschen spüren nur sich selbst im Wettbewerb und Konkurrenzkampf. Deswegen verachtet die Masse die Liebenden Geister. Sie ehren Spalter und Kriegsmacher.

„Das ist ein Künstler, wie ich Künstler liebe, bescheiden in seinen Bedürfnissen. Er will eigentlich nur zweierlei. Sein Brot und seine Kunst.“

Friedrich Nietzsche, Götzen Dämmerung

Nein Vera, böse Menschen haben keine Lieder. Wieso ist es dann so laut in diesem niederen Volk welches sich Gesellschaft nennt? Sie haben keine Ahnung von der göttlichen Melodie. Das Volk ist nieder in seinen Ansichten und in seinem Treiben. Ihre Musik ist Gift für die Ohren. Das Einzige woran ich trachte sind meine melancholisch gesungenen Werke. Das Pöbel, also das Volk kann nicht singen, denn singende Herzen finden zur höchsten Symphonie und würden nur Liebe und Lachen verbreiten Vera. Die Mächtigen denken sie wären auserwählte Leute. Sie werden im tiefsten Fegefeuer brennen für ihre Art gegen das Leben zu sein. Mein Herz sagt immer, dass die Menschen von Geburt aus gut sind. Doch wenn ich sie treffe und mit ihnen rede, denke ich genau das Gegenteil. So suche ich vergebens nach den erwachten Seelen. In diesem Land ist es schwer Liebende zu finden. Was man hier findet ist die Mechanik, das Roboterhafte. Die mechanischen Menschen zu verachten ist wahre Liebe. Die kleinen Leute sind heute Herr der Welt. Sie zu stürzen mit unserer Liebe und Mitgefühl ist unsere Aufgabe. Unser unschuldiges Lachen wird sie stürzen. Diese kleinen Menschen sind eine Gefahr für die Indianerkinder. Sie haben weißes Gedankengut.

„Vor ihnen hüllt mich Nacht in ihren Mantel. Liebst du mich nicht, so lass sie nur mich finden. Durch ihren Hass zu sterben wär' mir besser, Als ohne deine Liebe Lebensfrist."

Romeo und Julia, William Shakespeare

Siehst du dies auch Vera, wenn du durch die Straßen läufst? Die größte Sünde ist das Lachen. Die Gesellschaft möchte keine von Herzen lachenden Menschen. Es ist ein schweres Verbrechen. Gesichter hängen, Augen funkeln nicht, Stimmen sind ohne Feuer, Augen ohne Tränen. Ich gehe diesen Menschen aus dem Weg Vera. Ihre Energie bringt mich bei lebendigem Leib um, wenn ich ihnen Näher komme, oder ihnen in die Augen schaue. Das Lachen wie ein Kind bedeutet die höchste Symphonie. Glauben ohne Wissen bedeutet das Drama der Welt. So verhält sich die Masse. Sie glauben an etwas und denken, dass sie wissen. Welch ein dunkles Schicksal sie nur erleben. Jede Handlung die Menschen ausführen, ohne zur Liebe zu werden ist eine Katastrophe für den Planeten. Wer sich nicht auf den Weg zur Liebe machen möchte, kann auch Selbstmord begehen. Es wäre eine Reinigung für die Welt. Die Übervölkerung ist schon zu schwer für Mutter Natur. So würde Platz geschaffen werden.

„Lass es ganz! Doch willst du, schwör' bei deinem edlen Selbst, Dem Götterbilde meiner Anbetung! So will ich glauben."

Romeo und Julia, William Shakespeare

Wieso benutzen die Menschen tagtäglich das Wasser und werden in ihrem Herzen sanft wie Wasser? Das Wasser möchte zu ihnen reden, doch sie versperren ihre Ohren. Nichts ist weicher wie das Wasser und die Menschen wollen einfach nicht Weich werden in ihrem Wesen. Allein nur vom Wasser zu lernen würde die Menschheit transformieren Vera. Aber niemand möchte wie das Wasser werden, zur Poesie und Liebe aufsteigen. Wasser der größte Prophet, Wasser der schönste Gott. Siehst du nun warum nicht feinfühlig gegenüber dem Leben zu sein eine Straftat gegen das Leben ist? Das Leben in seinem Ursprung ist sensibel, fein und zart. Die Gesellschaft, die wir bewohnen ist voller Härte und Unmenschlichkeit. Nur der Stärkere gewinnt und diejenigen ohne Herz. Die sich total von ihrem universellen, menschlichen Sein gelöst haben. Kleine Leute, die unter Minderwertigkeit leiden sind harte Wesen. Liebende kann man nicht erniedrigen. Die Existenz ist der reinste Kommunismus und behandelt alle gleich. Lernen sollte man von der Existenz, doch wo sind nur die Menschen geblieben, die fühlen und denken? Sie müssen auf schönen Pferden wohl schon unsere Welt verlassen haben! Was ich beobachte ist Vera, dass die Existenz die schönen Wesen zu sich nimmt. Sie ist neidisch auf die Liebenden. Die Welt verdient solche Menschen nicht. Zu sehr im Dreck sind sie dafür. Die schlechten Menschen sind alle hier geblieben. In deren Geschichtsbüchern stehen nur die Namen der Barbaren. Man wird dort nicht friedvolle, stille Wesen finden.

„Ich lache, weil ich befürchte, wenn ich nicht lache, könnte ich zu weinen anfangen. Mein Lachen ist bloß eine Strategie, um meine Tränen zu verbergen."

Friedrich Nietzsche

Meine Tränen kommen aus überströmender Freude Vera. Sie spiegeln das Jenseitige der Welt. Doch warum benötigt es Regierungen? Alle Regierungen werden nicht zulassen, dass es Menschen gibt, die zur Liebe werden, denn sonst würde ihre Ordnung zusammenbrechen. Die Regierungen verüben Verbrechen gegen die Menschheit. Solange nicht Dichter und Maler Könige werden, wird sich das Elend weiter führen. Doch eines Tages werden diese Träume in Erfüllung gehen Vera, ganz gewiss. Ich bin Betrunken vom Göttlichen Vera, ich brauche kein Opium oder sonstige Drogen. Mach dir also keine Sorgen um mich. Sind die Rosen im Garten mächtig? Nein sie sind zerbrechlich, und doch bilden sie die größte Macht. Die reichsten Länder der Welt sind die kriminellsten Vera. Vergesse dies niemals. In goldenen Ketten und Gewändern leben die Menschen. Sie fühlen sich darin wohl. Sie suchen nur das Leben in ihren Körpern. Welch Narren sie nur sind. Mein Gewand legte ich bereits vor langem ab. Es ist besser nackt durch die Straßen zu laufen als das falsche Kostüm anzuhaben. Meine Taschen sind leer Vera, so aber nicht das Herz. Es gehört dir für alle Zeiten.

„Um unverstellt ihn dir zurückzugeben. Allein ich wünsche, was ich habe, nur. So grenzenlos ist meine Huld, die Liebe. So tief ja wie das Meer. Je mehr ich gebe, Je mehr auch hab' ich, beides ist unendlich. Ich hör' im Haus Geräusch; leb wohl, Geliebter!"

Romeo und Julia, William Shakespeare

Tiere haben keine Kleider an und sie sind so wunderschön. Wieso haben dann Menschen Kleider an? Sie verbergen damit nur ihre Hässlichkeit. Der Mensch ist das einzige Lebewesen auf Erden auf diesem Planeten, das Kleider erfunden hat. Die Leute die weniger schön sind, sind mehr auf Kleider fixiert. Je schöner ein Mensch ist, umso mehr würde er seine Schönheit lieber nicht hinter Kleidern verstecken. Die Kleider müssen von den unschönen Wesen erfunden sein Vera. So sagen es meine Augen. Die Sonne ist unser Freund Vera, der Regen, der Schnee. Menschen fliehen vor diesen Freunden, indem sie Kleider anziehen. Der Körper ist das Geschenk der Existenz, warum also verbergen? Sexuelle Energie ist heilig. Sie kommt von Gott. Wohlgemerkt, immer wenn die Menschen die Natur durcheinander bringen und ihre eigenen Gesetze aufbauen ist es ein unverzeihliches Verbrechen gegen das Leben. Alles was gegen die Natur geht ist kriminell. Die Natur wird sich für alles Rächen was die Menschen ihr antaten. Und dies tut sie bereits Vera. Ein Mensch, der in Liebe lebt kann nicht ungerecht werden. All die Richter und Anwälte sind tot. In ihren Augen ist kein Licht zu sehen. Sie haben den juristischen Jargon studiert, doch nicht die Wunder des Lebens. Es gibt keine Gerechtigkeit hier Vera. Die Gier beherrscht. Die ganze Gesellschaft ist an sich kriminell. Sie wird geführt und gelenkt von Gier. Auf dem Marktplatz kann meine Lyrik nicht verstanden werden. Dort kennt man nur die Sprache der Gier. Dichtung und Mystik sind dort fremd. Die wahren Schaffenden des Lebens sind die Mystiker. Selbst wenn die ganze Welt gegen mich ist, entscheide ich mich für die Liebe.

„Ich liebe die großen Verachtenden, weil sie die großen Verehrenden sind und Pfeile der Sehnsucht nach dem andern Ufer. Ich liebe Die, welche nicht erst hinter den Sternen einen Grund suchen, unterzugehen und Opfer zu sein: sondern die sich der Erde opfern, dass die Erde einst der Übermenschen werde. Ich liebe Den, welcher lebt, damit er erkenne, und welcher erkennen will, damit einst der Übermensch lebe. Und so will er seinen Untergang. Ich liebe Den, dessen Seele sich verschwendet, der nicht Dank haben will und nicht zurückgiebt. Denn er schenkt immer und will sich nicht bewahren. Ich liebe Den, dessen Seele übervoll ist, so dass er sich selber vergisst, und alle Dinge in ihm sind: so werden alle Dinge sein Untergang. Ich liebe Den, der freien Geistes und freien Herzes ist: so ist sein Kopf nur das Eingeweide seines Herzens, sein Herz aber treibt ihn zum Untergang."

Friedrich Nietzsche, Also sprach Zarathustra

All das Glauben um tote Dinge bringt die Menschen um. Es sind die glaubenden Menschen, die der Welt schlimmes antaten. Mit Glauben ist hier nicht nur das traditionell Religiöse gemeint Vera. Es beinhaltet alle Glaubenssysteme aller Art. Glauben ohne zu wissen ist eine gefährliche Sache. Die meisten Menschen laufen durch das Leben mit einem falschen Glauben und kämpfen damit gegen das Leben. Selbstvertrauen ohne Klarheit. Diese Art von Menschen regiert die Welt. Die feinen Menschen können nicht an der Spitze der Welt oder an hohen Posten stehen. Sie sind zu feinfühlig und zögerlich. Sie können keine Herzen brechen und anderen Schmerzen zufügen. Lieber fügen sie sich selbst Schaden zu. Ein Jammer nur, dass die Dummköpfe der Welt so selbstischer sind und die Liebenden so voller Zweifel. Dies ist das Problem der Welt. Überall wo Wesen sind, die voller Selbstvertrauen sind, dort herrscht Barbarei und Despotismus. Die Masse begeht die größten Verbrechen. Wenn man gemeinsam in der Herde kriminell ist wird man die Leute hassen und verachten die von der Liebe sprechen.

Schafe und Feiglinge bleiben in der Masse. Neunundneunzig Prozent der Menschen gehören zur Masse heute hier Vera. Doch ihre Verbrechen, die sie gegen mich ausüben, ist eigentlich etwas Böses welches sie sich selbst antun. Jesus war ein Löwe, Mohammed war ein Löwe. Doch die Christen und Mohammedaner sind Schafe, Eseln und Sklaven. Die Menschen sind so in Eile alles zu konsumieren was sie in die Hände bekommen. Sie konsumieren und töten das Leben. Ihre aufgesetzte Maske, die sie dabei tragen, kann mich nicht davor abhalten ihre innere Hässlichkeit zu sehen. All die großen Leute, welches die Gesellschaft ehrt sind nicht groß, sie haben nur große Taschen mit Geld, welches das Recht der Armen ist. Wir werden diese Gelder eines Tages zurückholen, keine Sorge Vera. Dies müssen wir tun, sonst ist die Existenz sauer auf uns und öffnet uns nicht seine Tore.

„Die Natur reicht uns die Hand der Freundschaft, sie lädt uns ein, damit wir uns an ihrer Schönheit erfreuen, doch wir fürchten ihre Stille und fliehen in die Städte, wo wir uns zusammendrängen wie eine Herde Lämmer beim Anblick des Wolfes."

Khalil Gibran

Die maskuline Energie dominiert die Strukturen unserer Gesellschaft, deshalb sind die Menschen neurotisch erkrankt. Die feminine Energie wird vergewaltigt. Hier geht es nicht um Mann oder Frau Vera. Es geht um Energien. Die feminine Energie widmet sich den Liebenden. Dort ist Poesie, Dichtung, Zartheit zu Hause. Meine Worte enden nun Vera, mein Puls wird immer schwächer. Es ist Zeit von dir und der Welt zu gehen. Weißt du? Es scheint als wären dies meine letzten Worte. Doch, dies soll die Welt noch wissen. Jedes Kind wird feinfühlig, voller weiblicher Zartheit geboren. Doch die Gesellschaft und die Welt welche wir bewohnen mag keine zärtlichen und sensiblen Menschen in ihrer Welt haben. Sie möchten Leute mit einem dicken Fell. Sie brauchen Arbeiter und Soldaten. Sie benötigen alle Art von harten Menschen die den Weg zu ihrem Herzen nicht gefunden haben, jene die nur mit ihren Trieben handeln. Es braucht in ihrer Welt Professoren, Intellektuelle und Wissenschaftler. Dies sind die Leute die nichts von der Liebe und ihrem eigenen Herzen wissen. Sie wissen nichts von der weiblichen Zärtlichkeit. Es ist wunderschön Vera, dass du noch zart und feinfühlig bist. Es gibt so wenig Menschen da draußen. Die Welt wird vom männlichen Verstand regiert, deswegen all die Kriege. Die weibliche Schönheit kommt in unserer Gesellschaft hier in Deutschland nicht vor. Deswegen ist es hier Unmenschlich. Die männliche Energie ist eine Bestie. Er ist nur an Krieg interessiert. Weibliche Zärtlichkeit ist unser Geburtsrecht und sie wird zerstört von dieser Gesellschaft. Du darfst nicht vergessen *Vera*.

Meine Bücher können nicht verstanden werden, von einem Volk, welches eine Kultur des Todes und der Ausbeutung errichtet hat. Wir Liebenden pflücken keine Blumen, da sie wie unsere eigenen Kinder sind. Sie tanzen im Regen und in der Sonne. Die Blumen sind das Weibliche, sie sind das Abbild der Liebe. Ich kann in diese Welt um die Botschaft der weiblichen Zartheit zu verbreiten. Es ist das Schicksal aller prophetischen Botschaften. Wir werden gekreuzigt von den Religiösen und Intellektuellen Menschen. So ist es der Welt Lauf. So Lebe wohl meine schöne Vera.....

„Diese Dinge drückte er mit Worten aus. Doch vieles in seinem Herzen blieb ungesagt. Denn er selbst konnte sein tieferes Geheimnis nicht aussprechen. Und andere kamen auch und flehten ihn an. Aber er antwortete ihnen nicht. Er neigt nur den Kopf, und die in der Nähe standen, sahen Tränen auf seine Brust fallen Und er und die Menschen schritten zu dem großen Platz vor dem Tempel. Und aus dem Heiligtum kam eine Frau, deren Name Vera war. Und sie war eine Seherin. Und er schaute sie mit unendlicher Zärtlichkeit an, denn sie hatte ihn als Erste aufgesucht und an ihn geglaubt, als er gerade einen Tag in ihrer Stadt gewesen war. Und sie begrüßte ihn und sagte, Prophet Gottes, auf der Suche nach den letzten Dingen, lange hast du die Ferne nach deinem Schiff abgesucht. Und nun ist dein Schiff gekommen, und du musst gehen. Tief ist deine Sehnsucht nach dem Land deiner Erinnerungen und der Heimat deiner größeren Wünsche, und meine Liebe wird dich nicht binden, noch werden unsere Bedürfnisse dich halten. In deiner Einsamkeit hast du über unsere Tage gewacht, und in deinem Wachen hast du dem Weinen und Lachen unseres Schlafs gelauscht."

Khalil Gibran